EU
MARIPOSA

AMBER McBRIDE

EU
MARIPOSA

Tradução
Jim Anotsu

Rio de Janeiro, 2025

Copyright © 2021 by Amber McBride. Todos os direitos reservados.
Copyright da tradução © 2025 by Jim Anotsu por Casa dos Livros Editora LTDA.
Todos os direitos reservados.

Título original: *Me (Moth)*

Todos os direitos desta publicação são reservados à Casa dos Livros Editora LTDA. Nenhuma parte desta obra pode ser apropriada e estocada em sistema de banco de dados ou processo similar, em qualquer forma ou meio, seja eletrônico, de fotocópia, gravação etc., sem a permissão dos detentores do copyright.

COPIDESQUE	Dandara Morena
REVISÃO	Cê Oliveira e Andréa Bruno
DESIGN DE CAPA	Rich Deas
ADAPTAÇÃO DE CAPA	Osmane Garcia
DIAGRAMAÇÃO	Abreu's System

Dados Internacionais de Catalogação na Publicação (CIP)
(Câmara Brasileira do Livro, SP, Brasil)

McBride, Amber
 Eu (Mariposa) / Amber McBride; tradução Jim Anotsu. — Rio de Janeiro: Pitaya, 2025.

 Título original: Me (Moth)
 ISBN 978-65-83175-38-0

 1. Romance norte-americano I. Título.

25-249816   CDD-813.5

Índice para catálogo sistemático:
1. Romances : Literatura norte-americana   813.5
Bibliotecária responsável: Eliane de Freitas Leite – CRB 8/8415

Editora Pitaya é uma marca licenciada à Casa dos Livros Editora Ltda. Todos os direitos reservados à Casa dos Livros Editora LTDA.

Rua da Quitanda, 86, sala 601A – Centro,
Rio de Janeiro/RJ – CEP 20091-005
Tel.: (21) 3175-1030
www.harpercollins.com.br

Para o meu avô da barba grisalha,
William McBride
(1937-2019)

Sou diferente. Já entendi e calculei. Não cruzo
Para cruzar de volta. Estou pronto
para algo grandioso.

— "Travessia", de *A tradição*, de Jericho Brown

OVO DE MARIPOSA:

a) um objeto oval ou redondo que é posto & contém um embrião em desenvolvimento
b) um lar arredondado do qual a fome brota
c) uma divisa da vida, pois ainda não estamos aptos a *viver*

Este trabalho é longo. Um feitiço à cata
de raízes destinadas a se retorcerem.

— Meu Avô da Barba Grisalha
(Raizeiro)

ME CHAME DE (MARIPOSA)

Foi assim que meus pais (Jim & Marcia) me chamaram
Meu irmão ganhou um nome "normal": Zachary.

A irmã de minha mãe (Mary)
não gostou do nome que os pais (William & Juliet) deram a ela.

Ela mudou o nome para Jacqueline.
(Jack) como apelido.

Já pensei em mudar meu nome.
      Especialmente agora
         sem ninguém para se importar.

Dado ou trocado, nomes grudam nos ossos feito ternos eternos.

Quando eu me for, as pessoas ainda dirão: (*Mariposa*)
dançava bem antes de parar.
  Poderia ter ido longe,
dançado em Juilliard, sido a próxima Misty Copeland.

Como digo ainda: *Zachary era piromaníaco, talvez seja o motivo,*
  com um nome como Mariposa, de nós sermos mosqueteiros
            [noturnos...
a flama & a mariposa.

Como digo ainda: *Jim & Marcia gostavam muito de Shakespeare,*
Sonho de uma noite de verão *era a peça favorita deles.*

Nomes crescem para além de você, como um jardim sem cuidados;
não desaparecem

     com a ciência que mantém nossos corpos vivos.
Jesus ainda é Jesus, vivo, morto & ressurreto...
&, se nos esquecermos, lápides nos lembram que os nomes
capengam sem corpos.

Ainda que meu nome seja estranho,
     tenho que viver com ele.
Ele acompanha meus nervos há tempo demais;
meu nome é um matagal fechado
de raiz de angélica ao meu redor,
plasmado para a minha alma.

&, em grande parte, porque disso
(Jim & Marcia) me chamaram.

QUASE VERÃO (OUTRA VEZ)

Dois verões atrás, nosso carro se partiu ao meio
feito barra de chocolate na estrada & fomos cuspidos
no pavimento tão enrolados e grudentos quanto recheio de caramelo.

Quebrei três costelas & meu estômago se rasgou.
Fraturei uma perna & ganhei
uma cicatriz tão precisa quanto um chicote indo do queixo ao olho,
que percebo principalmente no verão, quando os raios do sol tanto
[a ressaltam,
então passo vaselina nela todo dia para suavizar.

Era o começo do verão, nós (mamãe, papai, irmão & eu)
saímos de Nova York para visitar tia Jack no norte da Virgínia.
   Antes de nos partirmos ao meio
      estávamos
         nos
           unindo.

Todos os nossos corpos golpeados chegaram ao assombrado hospital
repleto de figuras de branco, cheirando
a formol & lenços cheios de álcool.

Tia Jack rezou & rezou & roeu as unhas até o sabugo...
mas há um limite para reza &, se deus aceita sacrifícios,
um limite de sangue a ser oferecido.

Naquele dia, teve reza
& sangue o bastante apenas para um de nós sobreviver.

AGORA VIVO
UMA VIDA DE SEGUNDA MÃO

Depois do acidente & da cicatriz igual chicote
Mudei de escola e fui morar com a tia Jack no subúrbio.

Frequento um colégio que é noventa e quatro por cento branco
com apenas seis jovens negros — que não conversam comigo.

Não é nenhuma novidade.
   Jovens negros cerravam
os lábios para mim em Nova York também.
Sempre fui
uma brisa passageira,
sentida, mas nunca vista
a menos que eu dançasse.

Talvez aqui, neste subúrbio da Virgínia,
todo mundo fique de boca fechada porque
      não visto roupa da moda. Gosto de garotas
      tanto quanto garotos.
Não saio falando gírias raciais e por isso não sou branca nem preta
                                              [o bastante...
Não sou nada para ninguém.

Ou talvez aqui
o silêncio enraizou porque
primeiras impressões importam
&, dois anos atrás, a tia Jack,
que é solteira & depois do acidente começou a beber
demais, não comprou bermudas do meu tamanho, então peguei as
                                                             [dela.

Tive que enrolá-las
para que virassem bermudas em vez de calças
Comecei o segundo ano
Com tudo de segunda mão
    (sapatos, camiseta, mochila, meias, bermudas).
Tudo emprestado da cabeça aos pés.

Tudo bem, não me importo de ser nada
para ninguém, desterrada em toda terra
em que meus pés avançam.

Tudo bem, é só que
em Nova York, dois anos atrás,
o velório foi rudemente tudo, menos enlutado...
    os passarinhos piaram & tagarelaram & as folhas teimaram
em lançar sombras em cima das urnas & tudo que vesti
foi emprestado, até meu tempo *parecia* emprestado.

Pois *agora*, quando eu (Mariposa) penso no verão
Não penso no doce do chá sulista apodrecendo meus dentes,
    ou nas duas semanas com o meu avô,
ou em biquínis & cerveja barata contrabandeada em bolsas largas.

Não penso em correr no vento
ou me deitar na grama macia
dando forma às nuvens.

Penso em barras de chocolate se partindo ao meio.

QUANDO EU MORAVA EM NOVA YORK

Notei que certas coisas atravessam divisas estaduais,
    oceanos & ferrovias.

Coisas como: *todos os jovens negros gostam de esportes.*
    Negros gostam de frango frito
& melancia & rap & rebolar
& fazer barulho.

Notei que às vezes estereótipos se tornam reais
    até mesmo para os estereotipados,
Por isso, quando comecei balé aos cinco anos, ouvi coisas como
    Negras não podem ser bailarinas,
as pernas delas são grossas demais & os braços
fortes demais, nada delicados que nem galhos de salgueiros.
    & meus amigos me largaram feito brasa quente.

Em vez de brincar do lado de fora depois da escola,
mamãe & eu viajávamos até os melhores estúdios de dança
para que eu pudesse bater as asas & espalhar
pó de fada em tudo, para que eu dançasse
com intensidade, tipo Misty Copeland…
& ser alvo de zombarias por ser
a única negra na sala.

Outras bailarinas diziam:
Sua pele está cinzenta,
empoeirada que nem seu nome.

Eu respondia: *Meu avô grisalho*
diz que nossa pele é rica
que nem as terras
de onde vieram meus ancestrais.

Eu só me sentia em casa
quando me movia
sob as luzes do palco.

Quando em movimento, eu voava,
mas, depois do acidente que partiu
nosso carro que nem uma barra de chocolate,
abri mão dos movimentos,
        por isso, às vezes, me sinto menos viva.

LISTA DE REGRAS (DA TIA JACK)

1. Não fale sobre *o acidente*...
2. Sério, não fale sobre *ele*...
3. Rezar em voz alta por causa *dele* é permitido.
4. Deixar oferendas na lareira para os ancestrais não tem problema.
5. Sempre tenha vinho em casa.
6. Sempre tenha uísque debaixo da pia.
7. Nunca encoste nas urnas... nunca.
8. Nunca lamurie tão alto a ponto de murchar as flores.

LISTA DE REGRAS (DA MARIPOSA)

1. Não viva demais.
2. Posição fetal: encolhida, joelhos enfiados no queixo.
3. Silenciosa feito um cavalo-marinho.
4. Devore letras de música & melodias como gotas de chuva dissolvem na língua.
5. Coreografe uma sinfonia de movimento na mente.
6. Esvazie as garrafas de vinho & uísque na pia.
7. Veja tia Jack procurar por elas.
8. Esqueça-se dos ancestrais; eles *vazaram, sumiram*.
9. Crie um novo deus com palitos de dente & poeira de música.
10. Deixe o cabelo crescer bem longo.
11. Fique bem rígida quando encolhida.
12. Não ceda.
13. Não dance como Misty Copeland.
14. Não. Ceda.
15. Não. Dance. Como. Misty Copeland.

VIRGÍNIA: QUASE A ÚLTIMA VIAGEM DE ÔNIBUS DO SEGUNDO ANO

Mesmo após dois anos pegando o ônibus escolar, as sacolejadinhas ainda me fazem apertar os dentes. Eu não tenho um carro porque *carros custam dinheiro* & andar em carrinhos remete a ossos quebrados & pele rasgada, portanto sou a única do segundo ano do ensino médio no ônibus. Por isso sou basicamente uma caloura. A jornada é longa demais com apenas o velho iPod, fones & uma única *playlist* do Spotify que Zachary e eu fizemos dois anos atrás para nos acompanhar.

Ergo os longos locs verdes, que parecem algas ou as cobras da Medusa caindo nos ombros, & encaro a janela. Toda casa é branca & branca & branca com tijolos vermelhos & branca. Todo gramado é verde & verde & mais verde.

Os dois outros jovens negros no ônibus são mais novos & não falam. Ou até falam, mas não comigo. Nunca se deram ao trabalho de aprender meu nome. O que pode ser uma sorte, dado meu nome.

Acho que uma menina cuja família foi atirada de um carro & que tem uma cicatriz descendo o rosto é frágil demais para ser zoada & então para que vão falar se eles não podem empilhar insultos no meu peito?

O lance com os jovens brancos é que eles fazem o que querem & o motorista age como se tivesse algodões no ouvido. O motorista parece o tipo cujos ancestrais vigiavam corpos marrons que colhiam algodão. Os jovens brancos propõem novos nomes aos jovens pretos como forcas a cada rota de ônibus.

Dois setembros atrás, comecei a estudar aqui, nesta escola suburbana.
Longe do cheiro de combustível urbano, onde bolas de
basquete quicando na calçada são tão numerosas quanto o som
de grilos no campo.

Os subúrbios não soam como nada.

São só insossos — sem sabor. Tão sem gosto quanto torrada
[congelada.

Em Nova York, eu fraturava os dedões em sapatilhas de ponta seis
dias por semana & desfrutava da dor. Meu avô da barba grisalha
dizia: *Você dança que nem mágica porque oferta sangue demais.*

Eu me sentia conectada à música da cidade, até mesmo caminhava
[no ritmo dela.
Mas, aqui, não danço mais. Eu não me movo.
Apenas me sento & penso
em sumir...
     sumir...
          sumir...

MENINO DE CABELO PRETO COMPRIDO APARECE NA AULA

O cabelo dele está preso num nó,
   mas alguns fios cascateiam pela testa.

O professor:
   ... *Entrou na escola de última hora?*

Cabelo de cascata:
   Não queria vir.

Professor:
   Talvez você faça alguns amigos antes das férias.

Olhos dourados:
   Não ligo, na real.

Ele batuca o lápis na carteira & mais fios do cabelo dele,
   agora parecendo lava depois de esfriar, descem
   pelo rosto.

Ele não *parece* negro ou branco ou nenhuma das opções.

O lápis bate na mesa, então no meio da palma dele.
   Vibrações douradas & frisadas flutuam adiante,
graciosas. A borboleta (Ashley)
quer saber se ele é um baterista.

Ele olha para ela — de boca fechada.
Noto um corte à esquerda do arco do cupido dele,
fino & vermelho & furioso.

& ele bate o lápis mais devagar
    & subo na ponta dos pés.
Enrolo os calcanhares nas pernas da cadeira,
estrangulando a vontade de me mover, de me agitar, de dançar...
de viver com muita intensidade, demais.

Empurro meu espírito para as profundezas da pele.
Eu me forço a petrificar.

Borboleta (Ashley) diz:
    O que você é, afinal?
O cabelo cobre o rosto dele de novo...
        cortina fechada.
            Olhos fechados.

Ele apenas bate o lápis mais depressa.
Isso me lembra calçados de sapateado se chocando
nas tábuas de madeira, ou chuva batendo
num telhado de zinco.

Nenhum sorriso. Nenhuma risada. Apenas uma batida imperdível
    que acerta uma nota
        bem fundo em mim, na minha raiz.

REGRAS DO ARMÁRIO "COMPARTILHADO"

1. Não use um armário, porque eles não são "compartilhados" se você se parece comigo.
2. Primeiro dia: Meus livros foram colocados numa pilha organizada ao lado do meu armário "compartilhado".
3. Segundo dia: Comecei a carregar todos os meus livros na mochila... Ficou pesado.
4. Terceiro dia: Então parei de trazer os livros porque... eu estava afundando.
5. Agora nem me preocupo em descobrir qual armário eu deveria estar "compartilhando".

DISCURSO MOTIVACIONAL FINAL: EQUIPE DE DANÇA

Há seiscentos jovens na turma do segundo ano
    & todos amam discursos motivacionais.
Até mesmo os jovens negros. Começa com um entoar
    do lema da escola & termina
com a equipe de dança.

Eles mais giram fora de ritmo do que dançam.
    Eu diria rebolam, mas você precisa ter bunda
pra rebolar,
    é preciso seguir o ritmo pra rebolar.

A coreografia está mais para chuvisco
do que ventania
em um campo de trigo
ou espíritos ancestrais beijando bochechas.

A escolha musical é garfo raspando granito
em vez de
mãos agitando terra fofa.

    Na minha mente, danço por cima deles, das (borboletas perfeitas), com meu cabelo de serpentes verdes.
    Pisoteio cada um feito guimbas de cigarro & encaro todos os homens até que se transformem em pedra.

    Na minha cabeça, vivo muito.
    Na minha cabeça, danço muito.

ORIENTAÇÃO TRANSVERSAL

Antes de o meu avô morrer, ele me ensinou
que muito daquilo que pensamos saber
    sobre as mariposas é tão frágil quanto as delicadas asas delas,
    que brilham
poeira & morte como sussurros ominosos.

Meu avô dizia que *não existem agouros, apenas equilíbrio.*
Equilíbrio é o que atrai a magia.

É verdade que o meu nome frequentemente é um agouro, mas nem
                                                    [sempre.
Não é verdade que mariposas gostam de luz...
    isso é coisa de borboleta.

A *verdade* é que isso começou com a lua,
quando não havia chamas ou tochas.
Nem carros iluminando & viajando pelas estradas.
Certamente nenhuma luz aconchegante de varandas engolindo a
                                                        [noite.

Orientação transversal significa seguir o ângulo da lua.

Isso guiou as mariposas por milênios,
até o fogo & a trágica lâmpada.

Uma lanterna bagunçou um milhão de anos de navegação celestial,
    o brilho artificial ofuscando, de algum modo,
    a lua verdadeira.

Meu avô dizia: *Acendemos velas porque são faróis*
    para que os espíritos de nossos ancestrais venham se sentar conosco.
Damos oferendas por respeito.

Mas e a outra luz? Como uma tartaruga marinha se movendo
na direção do pavimento iluminado em vez do mar agitado pelo luar.

Quem responderá pelo fácil pecado de se perder
quando tantos orbes criam miragens
    de ilusão brilhante?

VOLTANDO DE ÔNIBUS PARA CASA

O sr. Cabelo de Lava Endurecida está no meu ônibus,
que está cheio. O que me lembra de barras de chocolate
   & pedacinhos caindo na rua.

Lugares não são marcados,
mas aquele do meu lado
geralmente é um vazio
ponto de interrogação.

O sr. Cabelo de Lava Endurecida olha o espaço vazio
que todo mundo evita & chama de assombrado porque
anos atrás uma menina teve um ataque de asma
& morreu bem ali.

O pessoal se senta até em trios para evitar o lugar…
    mas eu tive um avô hudu, morte
    não me incomoda.

O sr. Cabelo de Lava Endurecida me encara & pisca.
    Uma. Duas. Três vezes.
    Ele olha ao redor do ônibus antes de tirar
a mochila & apontar
para o espaço livre do meu lado.

Assinto.

Ele se senta &, com mãos trêmulas, tira um paninho com comprimidos
escondidos entre as dobras da mochila.
Ele coloca dois comprimidos na palma & os toma sem água.
    Eles me lembram sementes
& temo que não vão crescer do jeito que ele precisa.

Os olhos dele se fecham com força. Ele agita a cabeça & me olha de
[novo.
Tem uma tatuagem no encontro do pescoço com os ombros
& um colar que parece conter ervas.

Sani, diz ele suavemente. De modo que só eu escuto.

Mariposa, falo ainda mais baixinho.

Os olhinhos dele se estreitam para mim. *Shakespeare?*

Estreito os olhos de volta. *Sonho de uma noite de verão.*

Nós dois nos batemos de leve quando o ônibus sacoleja
& as flores florescem com rudez
como sempre fazem no verão.

Sani oferece um olhar pensativo.
Mariposa.
Funciona.
Gostei.

A MESMA PARADA
(SANI ACENDE UM CIGARRO)

Sani: *Seus pais devem gostar mesmo de Shakespeare.*
Mariposa: *Gostavam. Professores de inglês.*

Legal. Gostavam?
   Não quero falar sobre isso.

Sozinha?
   Hmm. Sabia que cigarros são palitinhos da morte, né?

Estou ciente. Você é daqui?
   Não. Então por que fuma?

Está te incomodando? Sou do Novo México.
   Sim. Bonito.

Eu sei, já me falaram que sou.
   Hilário. Estou falando da paisagem.

Sufocante. Por que cigarros te incomodam?
   Por que entupir os pulmões quando existe ar fresco ao redor?

Eu gosto de ter uma escolha.
   Nicotina não é viciante?

(Longa pausa)

Povo navajo.
   Negra. O melhor amigo do meu avô era navajo.

Sério? Isso explica tudo.
    Explica o quê?

Nada.
    Nada?

Em algum momento você para de se mexer?
    O coração está sempre batendo.

Em algum momento você passa a sorrir?
    Tento não fazer isso.

Não quer falar sobre isso?
    Não quero falar sobre isso.

Onde você mora?
    Com a minha tia (Jack), cinco casas naquela direção.

Moro com a minha mãe (Meghan), por ali, cinco casas depois.
    Durante o verão? Como é que você sequer arruma cigarros?

Talvez. Mágica, Mariposa.
    Sério. Mágica, Sani?

Posso te ligar?
    Não tenho celular.

Não tem celular?
    Não tenho celular. Apenas um iPod.

Tá bom, tudo bem. Tchau, Mariposa.
    Tchau, Sani.

MARIPOSAS

Desabrocham em quatro fases porque jogam pôquer bem demais
& não querem revelar todas as cartas de uma vez.

           ovo (endurece)
           lagarta (cresce)
           casulo (descansa)
           mariposa (vive)

É assim que funciona.

Ovo não é nada de especial — fomos todos ovos em algum momento.
Depois, lagarta, toda manchada & peluda que nem um bigode
                [arrancado
 de um rosto.

            Casulo é o milagre.

Quando a lagarta literalmente derrete, fica grudenta que nem sopa,
se torna refugo & se reconstrói em mariposa.

      Imagine se erguer do caldeirão que nem Medusa.
Imagine o seu DNA guardando o segredo para o cabelo de cobras &
              [homens de pedra.

Imagine estar preparada para morrer
só para voar por algumas semanas no ar.

   É como se você estivesse indo tão bem levando uma vidinha.
    Quase dominando o controle sobre a sua alegria faminta,
           e aí um menino com cabelo de lava

                                                                  & boca de poeta
                                                                       vem gingando,
                                                   pedindo o seu número.

                                       Ele fuma quando não deveria
                                                & vive batucando,
                           contando o tempo com as mãos,
                       que imagino como sendo mais leves
                                do que a névoa que paira
                                    no topo das montanhas.

É isso que imagino enquanto pego no sono
na véspera do último dia do segundo ano
& pela primeira vez em muito tempo
não estou me partindo ao meio, na parte de trás de um carro.

Pela primeira vez em muito tempo eu *sinto* meus ancestrais
& penso no meu avô da barba grisalha
& na magia que ele me ensinou.

SONHO COM MEU AVÔ
(RAIZEIRO)

É recesso de outono & estou visitando meu
avô da barba grisalha, que diz:
    A *ampla magia libertou nosso povo.*
As mãos dele mergulham pulsos adentro no solo empapado
    debaixo de um salgueiro
que lamenta pelos nossos ancestrais — com nossos ancestrais.

Estamos num lugar sagrado, nossos pés aninhados em terra poderosa:
    uma encruzilhada em um cemitério perto de Nashville.
Aqui os vivos & os espíritos podem tocar as impressões digitais
    & fios de vida podem emaranhar & desembaraçar.

Eu me lembro, tenho dez anos de idade & sou magricela que nem
                                         [vinha,
    tão fina quanto as assombrações para as quais o meu avô
                                         [grisalho canta...
agradecendo-as pela sabedoria, louvando-as
    pelos saberes & planos perfeitos.

É uma oração longa, mais longa do que de costume...
    desesperada & contornada em notas sussurradas,
com voz de trovão & assombrada esperança.

Meu avô é velho; quando ele termina,
a minha força mirrada
o ajuda a se erguer acima do buraco
que faz na terra.

Ele derrama
    o melhor
        uísque na terra sedenta.

Mariposa, lembre-se desse trabalho.
    Você precisa crescer nele. Deve vivenciá-lo,
diz meu avô, limpando as mãos na calça.

Que conjuração é essa?, pergunto quando a brisa do cemitério
    fustiga as minhas bochechas rachadas.

Meu avô se abaixa de novo,
    cava ainda mais fundo no solo, coloca minhas unhas cortadas,
um tufo de cabelo & uma foto nossa no pequeno poço
com duas sementinhas & uma pena branca frisada.

Ele sopra fumaça
do seu charuto no buraco.
    Isso é trabalho longo. Um feitiço para encontrar,
para raízes destinadas a se entrelaçarem.

Ah. Me conta de novo como a magia começou, peço,
    sorrindo para a brisa.

Meu avô cobre o fosso ventral
& deixa a magia se parir.

Começa ele: *Há uma história que os praticantes do hudu conhecem.*
Existe um barco com uma barriga
que se arrasta mar adentro — engolindo corpos marrons.
    Que corta as ondas que nem navalha na renda.

O barco atraca & acontece um leilão & almas são jogadas
 que nem pimenta pelos estados do Sul.

Um novo deus mais pálido que sal é nomeado & um chicote mais preto
que os dentes da mamba negra é usado de ameaça, mas os ancestrais,
o chão & as raízes funcionam mesmo assim.

Ocultamos a esperança nas dobras dos livros bíblicos;
 oferendas são acrescentadas para equilibrar as coisas.
Uma rebelião, um levante de espírito
bem debaixo do nariz odioso do "Senhorzinho".

Ajudo meu avô a se levantar de novo
& ele deixa o trabalho.
No portão cobre o rosto
para que os espíritos não fofoquem
sobre os serviços dele.

Mas um ano mais tarde meu avô barbado e grisalho morre
 & mamãe abandona a magia dela quando se muda para o
 norte de Nova York.

Eu me lembro das histórias, das raízes. Não do trabalho... nem da
                [terra.
 Talvez seja por isso que minha família é amaldiçoada.

Meu avô era um grande conjurador,
 mas *nem mesmo os maiores raizeiros*
conseguem levantar os mortos.
Portanto, nenhum dos feitiços dele me é útil.

Na minha cabeça ouço o canto do meu avô...
Os ancestrais estão com você, Mariposa,
 você nunca está sozinha.
  Eu te ensinei. Você tem magia nos ossos.
   Abra os olhos, abra os olhos,
    eu jamais te largaria presa... indefesa.

RITUAIS MATINAIS
(ÚLTIMO DIA DE AULA)

Quando meu avô morreu & partiu
para o outro lado, ele me deixou uma caixa
de ervas & raízes & terra & velas.

Ele deixou escritos amarrados que nem rezas
nas raízes secas &, por mais
que eu esteja brava com os ancestrais
por deixarem o carro se partir ao meio,
eu jamais ficaria brava com meu avô.
Por isso ainda pratico o hudu,
porque foi o que ele me ensinou
nos verões no sul da Califórnia
por duas semanas.

Minhas manhãs são assim:
    alongamento, mantra, oferendas.

Eu tenho um altar improvisado
no armário com cristais,
raízes, fotos & velas.

Todo dia eu coloco o café da manhã
num prato branco para que os ancestrais
possam comer junto.

    Aí eu escovo os dentes, lavo o rosto,
passo o blush & o brilho labial.
Ajeito a mochila de segunda mão,
me visto, mastigo coragem & cuspo
        um casulo ao meu redor.

ÚLTIMA AULA DE TEATRO: HISTÓRIAS

Não sei por que, com toras de árvore no lugar de músculos,
Sani escolhe teatro em vez de educação física.

A borboleta dourada & frisada (Ashley)
    está contando a história que conta a todos os novatos
sobre como o canto esquerdo do palco é mais do que apenas sombras
& cortinas amassadas de veludo.

    É onde nossos próprios fantasmas pairam durante as
                                      [apresentações.

A boca de Sani se levanta de leve. O coque dele está apertado &
                                      [arrumado hoje.
    É um coque navajo tradicional.
Eu sei porque meu avô me ensinou.
Mas o coque tradicional dele não é tão apertado quanto a calça jeans.

Ashley pergunta a Sani: *Você acredita em fantasmas?*
    Sani bate o pé mais devagar. Ele está sempre batendo algo
como se quisesse despertar alguma coisa no chão.

A boca dele se fecha (de novo).
    Que seja, menino lobo. (Ashley) sai batendo os pés.

Gosto de como ele lacra a boca para ela.
    Eu gostaria de deslacrar — queria ouvir as histórias de fantasma
                                                   [dele.

Meu avô me ensinou que o hudu tem partículas da magia indígena
americana nele. Que nossas crenças às vezes sussurravam
umas com as outras, tal como meu avô sussurrava & cantava com o
[melhor
amigo dele.

O professor nos libera no corredor para "exercícios de confiança" —
em vez disso, eu me dobro feito origami atrás da máquina de
[refrigerante,
com os fones de ouvido me encasulando numa concha.

Fazemos "exercícios de confiança" porque não se atua sem poder
[confiar,
assim como não é possível conjurar sem oferecer alguma coisa.

Consigo atuar como se minhas costas fossem uma perna de polvo
& meus braços, condutores de ondas,
mas meu reflexo na lateral da máquina de refrigerante diz:
a garota cheia de culpa que sobreviveu.

A voz do meu avô agita a minha cabeça (de novo), tão próxima...
(Mariposa) eu não te deixaria presa...
você não está indefesa.

Mas não sou meu avô.
Não sou magia & ossos.

Estou salpicada
de cicatrizes
& mancando ao longo dos anos.

Não tenho nada para oferecer aos mortos
que eles já não tenham.

A MENINA QUE SOBREVIVEU

Tenho certeza de que as matérias dos jornais disseram isso.
Não posso saber com certeza porque a tia Jack
manteve todos os jornais fora de casa.

Mas eu imagino que a matéria fosse mais ou menos assim:
Acidente trágico:
uma família inteira, exceto a
garota de olhos marrons, brilhantes, se partiu
na estrada.

Por sorte a menina sobreviveu,
porque ela era conhecida
por tomar todo o suco
do sol.
Tão graciosa,
Juilliard já estava de olho
nela aos 10 anos.

Por sorte a menina sobreviveu,
porque ela tecia arco-íris
com a ponta dos dedos.
Ela sempre lambia
o osso da galinha...
quase glutinosa.

Provavelmente por isso
ela não morreu.
Ela sabia mesmo
como viver.

Talvez, se eu não tivesse me banqueteado
de vida,
teria restado um pouco
no carro
para mamãe
& papai
& Zachary.

CANÇÃO DE VERÃO

Eu me sento com o notebook equilibrado
    nos meus joelhos ossudos.
Não como muito & está evidente,
então escondo isso debaixo de roupas largas.

Todo verão meu irmão (Zachary) & eu escrevíamos uma canção.
    Só nós dois. Algo para compartilharmos entre nós
em viagens de carro & férias.

Quando era inverno & precisávamos da sensação
do sol na pele, cantávamos a canção.

Não sei tocar violão.
    Zachary sabia tocar.
Mas consigo escrever, cantarolar
&, se o meu coração estiver bem leve, cantar.

Escrevo o primeiro verso do verão:
    Um presente, um ferro
        para suavizar os vincos que enrugam seu espírito.

Eu não sei para onde vai a canção,
    mas essa é a melhor parte.
Os indolentes dias de verão decidem a letra...
                      como deveriam.

SANI CANTANDO NA SALA VAZIA

Do meu esconderijo uma voz
chega de mansinho até mim.

Uma voz baixa & áspera
& faminta
& sem esperança.

Tenho que seguir o som
& encontro Sani, no piano
tocando
& cantando
& meus pés giram,
entram em primeira posição
antes que eu possa detê-los.

Não é uma música que eu conheça.
Acho que é uma composição de Sani.
Ele canta, a voz cortando
que nem relâmpago pelas nuvens de trovoada.

É difícil ser o que todo mundo quer
quando a vida parece assombrada.

Minha mãe se preocupa & teme o tempo todo,
Meu pai está ocupado curando & rezando.
Meu padrasto odeia que eu tenha nascido,
quer me apagar.

É difícil ser o que todo mundo quer
    quando a vida parece assombrada.

Sani ergue o olhar,
      me vê espiando.

Ele fecha a cara,
me observando
falhar em coser
uma desculpa
por ouvir sua canção.

Ele se ergue,
hesita
por um segundo
& vai embora.

ENCONTRO SANI PERTO DA MÁQUINA DE VENDA AUTOMÁTICA

Desculpa, peço.

Não é educado ficar rondando.
Sani ergue uma sobrancelha.

Tenho culpa do meu nome?
    Tamborilo os dedos.
Gosto da sua voz.

Gosto de elogios.

Sani ri & pega
a folha de cinco perguntas do exercício de "confiança"
de dentro da calça jeans apertada & diz: *Vamos?*

Ele (Sani) responde primeiro.

Qual é a sua cor favorita? *Terra.*
    Qual é a sua paixão? *Música às vezes. Geralmente nada.*
        Do que você sente falta? *Nada.*
            O que é confiança? *Quem sabe?*
                Café ou chá? *Nenhum.*

Eu (Mariposa) respondo em seguida.

Qual é a sua cor favorita? *Preto.*
    Qual é a sua paixão? *Música & movimento.*
        Do que você sente falta? *Tomar sol.*
            O que é confiança? *Meu avô da barba grisalha.*
                Café ou chá? *Os dois. Com mel.*

Sani pega uma caneta & acrescenta outra pergunta.

 Café com mel? Você está escrevendo um poema?
 Uma música. Sim, com mel.

Sani escreve outra coisa.

 Eu toco violão & piano. Quem sabe eu possa te ajudar.
 Ele rabisca o número de telefone dele.

Eu não tenho celular. (Respondo com minha voz.)

 Arrume um & me ligue, mande mensagem. Por favor, mel?
  Castigo por ficar rondando & ouvindo minha música.
   (Sani responde com a voz tão melodiosa quanto
   folhas outonais flutuando num lago.)

RECADO QUE SANI DESLIZA NA MINHA MÃO

Verso 2:
    um fardo de cerveja, um buquê de clichês
porque é quase verão & parece apropriado.

O número dele rabiscado ali (de novo).

Acrescento:
    Dizem que nunca se chega de mãos vazias no Sul
    & não sou nada senão educado.

Então corro para as florestas atrás da casa.
    Rogo à terra pelo primeiro fundamento que meu avô me
                                                [ensinou.

Depois entro de fininho na casa de tia Jack.
    Fuço a bolsa dela,
        pego o iPhone emprestado
& o substituo com o fundamento mais importante...
A raiz de John, o Conquistador.
    Deixo a coragem & a esperteza para trás
porque *não sou nada senão educada.*

OVO

Subo correndo com meu prêmio.
Volto para o casulo assim que a porta se fecha.

Segura & sólida.
Perambulo.

Às vezes, durante o silêncio,
as mãos quentes do inferno brotam
do solo, prontas para me arrastarem para
    baixo
        baixo
            baixo.
Como se tivessem me esquecido quando levaram todo mundo.

Sinto o calor apesar de ter me cercado
com garra-do-diabo (enfiada no travesseiro,
nas gavetas & nos bolsos).

Meu avô me ensinou que é uma raiz para fazer tropeçar
os pés de satanás & seus servos;
ele deixou um pouquinho numa caixa que me deu.

Caio na cama & aperto as costas com força contra o cobertor.
Pratico as posições (primeira, segunda até a quinta)
    porque, se não encostar no chão,
não conta como dança.

Primeira posição:
   A culpa não é sua por ter sobrevivido.
Segunda posição:
   Até que você esteja sozinha.
Terceira posição:
   Linhas de culpa se multiplicam.
Quarta posição:
   Então você se sacrifica.
Quinta posição:
   Por acidentalmente sobreviver, por ser tão cheia de vida que a morte não te reconheceu.

MENSAGEM QUE MANDO PARA SANI
Achei um telefone.

MENSAGEM QUE SANI MANDA (TRÊS SEGUNDOS DEPOIS)
Olá (Mariposa). Estava torcendo para achar.

MENSAGEM QUE MANDO PARA SANI
Então, passando o verão aqui?

MENSAGEM QUE SANI MANDA
Minha mãe (branca) deixou o meu pai (navajo) no
Novo México dois anos atrás.
Ele era gentil, mas ocupado demais sendo curandeiro.
Mamãe quer que eu viva aqui nesta casa branca.
Com a nova família branca dela.
Ela acha que vai ser bom para mim.

MENSAGEM QUE MANDO PARA SANI
Você dá muitas informações.

MENSAGEM QUE SANI MANDA
Você dá poucas informações.

MENSAGEM QUE SANI MANDA (CINCO MINUTOS DEPOIS)
Você caminha como se houvesse nuvens sob seus pés.
Seus olhos também se movem como se achasse
[que todos estão dançando.
Sua voz é encorpada & suave, que nem mel numa colmeia.
Tudo bem. Você não precisa responder.
Você pode me ignorar, mel.

MENSAGEM QUE NÃO MANDO PARA SANI
A curva do seu lábio tem um talho, por quê?
Sou uma dançarina, mas só danço com o ar agora.
Seu cabelo me lembra o céu antes de a lua aparecer.
Por que você toma remédio?
Meu irmão (Zachary) costumava tomar
comprimidos azuis e brancos (para o buraco negro no peito dele).
Quando o remédio fazia efeito, ele tocava violão sentado
    na bancada da cozinha.
Quando o remédio fazia efeito, eu criava uma dança a partir da
                                                          [melodia.

Seu nome significa "sábio". Eu pesquisei.
Eles (a escola inteira) vão parar de te chamar de *menino lobo*...
No meu antigo estúdio de dança eles pararam de me chamar de
                                              [*preta & empoeirada.*
Uma hora se cansam.

MENSAGEM QUE EU REALMENTE MANDO
Eu dançava.
Você canta & toca com frequência?

                           MENSAGEM QUE SANI MANDA DE VOLTA
                                Mel, você está dançando desde que te vi.
           Eu quase sempre cantava. Eu quase sempre tocava.

MENSAGEM QUE MANDO DE VOLTA
Sani, você vive batucando alguma coisa.
Sua voz puxa notas até mesmo quando você conversa.

MENSAGEM QUE SANI MANDA DE VOLTA
Acho que nós dois estamos silenciando nossas paixões por algum motivo.

MENSAGEM QUE MANDO DE VOLTA
Por algum motivo...

EU DANÇAVA

Antes da batida eu era uma dançarina...
Eu conquistava a gravidade enquanto quebrava os dedos.
Eu beijava o chão a cada passo.

Mas ser uma dançarina é como seu nome. Não se deixa
    só porque os dedos não estão quebrando nas sapatilhas de
                                                                                       [ponta.

Depois do acidente, ainda sou uma dançarina, mas só na minha
                                                                                                   [mente.
Porque agora dançar parece alegre demais, ganancioso demais.

Papai (Jim) corria comigo todo domingo & quinta-feira
porque para dançar leve que nem uma pedrinha quicando na água
seus pulmões precisam ser bons em pegar fôlego.
Mamãe (Marcia) ia a todas as competições de dança.
    Ela se sentava na primeira fila, gravando tudo no telefone.
Eu conseguia ouvi-la sussurrando — *Isso, é assim que se move* —
                                                                                            [nas filmagens.

Ainda saio para longas corridas & finjo
que as pisadas pesadas de papai ecoam
seguras, firmes e vigilantes ao meu lado.
Ainda assisto aos vídeos de mamãe, num notebook velho,
    quando é difícil me lembrar da voz dela...
Nossa, a minha menina sabe como amar o ar.

Mamãe, papai, Zachary e eu ouvíamos inúmeras músicas &
    montávamos
uma *playlist* para o grande dia...

o dia da audição na Juilliard. A seleção foi se esticando que
 nem caramelo,
algo doce sempre costurado entre todos nós.

Não danço com os pés no chão
desde que o carro se partiu ao meio que nem uma barra de chocolate.

Eu me alongo, no entanto.
Eu me sento fazendo abertura
Eu me deito de costas
&
insisto em quebrar os meus dedos no nada.

SE EU FIZESSE TERAPIA, ACHO QUE SERIA MAIS OU MENOS ASSIM

Terapeuta: Não tem como viver *demais*, Mariposa.
Terapeuta: Não tem como viver *demais*, Mariposa.
Terapeuta: Não tem como viver *demais*, Mariposa.

        Mariposa: Então por que a morte esqueceu de mim?
        Mariposa: Então por que a morte esqueceu de mim?
        Mariposa: Então por que a morte esqueceu de mim?

Terapeuta: Viver *menos* não vai trazê-los de volta.
Terapeuta: Viver *menos* não vai trazê-los de volta.
Terapeuta: Viver *menos* não vai trazê-los de volta.

        Mariposa: Não tomo mais o suco do sol.
        Mariposa: Não tomo mais o suco do sol.
        Mariposa: Não tomo mais o suco do sol.

Terapeuta: Recomendo encontrar mais gente. Talvez fazer amigos.
Mariposa: Meu avô diz que nossos ancestrais nunca se vão de verdade.

Mas não sei conjuração o suficiente.
    Meu avô foi para o céu antes que eu aprendesse & agora
o diabo fica me beliscando através do chão,
como se ele tivesse esquecido um dos prêmios dele,
      me implorando para ir para baixo
          baixo
              baixo.

MOTIVOS PELOS QUAIS EU ODEIO O VERÃO

1. Três meses de espera em um casulo silencioso.
2. Não consigo pensar em nada além de partir ao meio.
3. Minha cicatriz está rachada & meu rosto bronzeia & ela fica mais evidente.

Motivos pelos quais talvez eu não odeie este verão

1. Tem um garoto que carrega fumaça da montanha no hálito.
2. Ele tem cedro ao redor do pescoço & pele tatuada.
3. Ele canta que nem névoa sendo arrancada de um lago.
4. Ele toca como asas de pássaros beijando o vento.
5. Ele mora dez casas descendo a rua.
6. Eu não sei o motivo, mas ele *vê* a mim (Mariposa).

MARIPOSA-BRUXA

A maior espécie de mariposa é um augúrio & uma benção...
depende de para quem você pergunta.

Uma borboleta & uma mariposa têm a mesma essência...
derretem suas entranhas & se remontam.

Uma enfeita o dia, a outra caça a noite.
    Mamãe falava: *Essa é a diferença entre negros & brancos...*
é mais difícil gingar os quadris quando se é moldado para caçar.
Eu sempre achei que pudesse ser os dois.

Se você me perguntasse, eu traria fatos:
    Mariposas chegaram milhões de anos antes.
Borboletas foram criadas a partir das costelas de mariposas.

Eu preferiria ter asas que se esticam que nem melado,
que varrem em vez de tremular.

Eu preferiria ser temida & abençoada
a ser perfeita demais.

Papai falava: *Às vezes você precisa ir fundo,*
se sujar um pouco, para enterrar
as sementes dos seus sonhos.
Não me importo de cavar.
Eu preferiria ficar empoeirada...
algo que você não pode tocar
sem se sujar um pouco.

Eu preferiria migrar,
que nem a mariposa-bruxa...
    mas, em vez disso, vivo me encontrando
no lugar que eu gostaria de abandonar.

TIA JACK VAI VIAJAR DURANTE O VERÃO

Ela não me fala diretamente;
não é tão corajosa assim.

Não sei se eu pegar o telefone dela
& colocar uma raiz de John, o Conquistador
    foi a gota d'água. Eu sou ruim mesmo...
Às vezes pego o que não deveria
porque vivo demais
& é por isso que o diabo fica me pinicando.

Ela se apoia na lareira, gritando para as urnas,
    oferecendo laranjas aos espíritos.

Pequenos soluços escapam dos lábios dela
que nem bolhas desesperançadas brotando pela casa.

Eu não consigo. Vou viajar durante o verão (ela grita).
    Eu tenho que ir. Não consigo viver com os fantasmas de vocês
                                               [(sussurra).

Subo as escadas em dois degraus por vez. Não deixo que ela se vire
& peça desculpas.

Já entendi. Eu sou o problema.

Também me odeio.
Por viver & agora me sufocar
nessa vidinha.

Entendo ela não conseguir mais conviver com a tristeza.
   Fico perambulando até a noite chegar & eu escutar alguma
[coisa
no quintal. Abro as venezianas de madeira
& tia Jack está cavando um buraco. Ela está sussurrando palavras, deixando uma foto & derramando uísque no chão.

O que será que meu avô diria sobre esse trabalho hudu?
   Tentando esquecer em vez de lembrar dos ancestrais.
Acho que a dor faz isso... te deixa com vontade de esquecer.

BILHETE DE DESPEDIDA NA GELADEIRA

Desculpe mesmo. Eu não posso ficar.
    Por favor,
me
        perdoe.

POEIRA #1

Eu não a perdoo.
Abafo um soluço & poeira cai
    nas mãos marrons.
Minhas entranhas
estão encolhidas
& secas que nem pó.

Estou me engasgando em pó.

MENSAGEM QUE PENSO EM MANDAR PARA SANI

Estou sozinha & é culpa minha.
Às vezes acho que ouço barulhos pela casa
& às vezes sinto mãos me puxando para o chão.

Minha tia (Jack) foi passar o verão fora.
Tenho 17 anos & acho que consigo me virar.

Às vezes acho que vou me enfraquecer tanto
que a minha cicatriz vai se abrir
                 & a minha alma vai cair,
cheia de estrelas & grudenta como o universo.

Acho que talvez eu dê uma festa.
Tentei a ideia de levar uma vidinha…
só serviu para fazer outra pessoa ir embora.

MENSAGEM QUE MANDO PARA SANI
Minha tia viajou neste verão.
Vou dar uma festa épica.

                           MENSAGEM QUE SANI ENVIA DE VOLTA

                                 Nada. Ele não responde.

PUBLICAÇÃO DE FESTA NO INSTAGRAM

Eu não gosto de fotos minhas,
por isso só faço uma imagem em preto & branco que diz:
    A FESTA PARA CELEBRAR A CHEGADA DO VERÃO.

Marco todo mundo...
    o pessoal que chama Sani de *menino lobo*,
    a dourada & frisada (borboleta),
    o time de basquete & o time de futebol
        & o time de futebol americano
    & a turma de xadrez & o grupo de debate.

Quero que eles destruam a casa
& que a polícia venha.

Quero que chamem minha tia (Jack).

Quero fúria.
Quero ser uma tempestade.

RESULTADO DA PUBLICAÇÃO NO INSTAGRAM

Encontro serpentinas no porão.
    Faço uma *playlist* cheia de música tranquila & funk,
asso *brownies* & espalho salgadinhos
que não vou comer, mas que desejo que comam.
Quero que se empanturrem & sejam amigáveis.

Até pego algumas garrafas de vinho da tia Jack.

    Então
        isso
            acontece.

                              Ninguém aparece.
                              Nem mesmo Sani.

Entro no Instagram...
    comentários inundam o convite.

Que piada doentia.
Quem iria nisso?
Eu não entraria lá nem morto.

Ninguém curte a foto.
    Nem uma única pessoa.

        Deixo a comida do lado de fora, uma oferenda aos ancestrais.
                Espero que eles se sentem & comam.
                    A essa altura eu aceito até mesmo
              a companhia das mãos quentes do inferno.

ATRAVÉS DA JANELA

Desço os degraus da entrada,
    desço uma
        duas
            seis
                dez casas

& me deparo com uma enorme janela, mostrando um garoto (Sani),
    uma menina, uma mãe & um pai, como um filme.

É um jantar bem tardio
& guardanapos cobrem os colos antes
que eles abaixem a cabeça.

Sani está sacudindo a cabeça em *não*
& a boca dele está selada tal como
estava na escola.

Consigo ouvir o pai (padrasto) gritar:
    Você vai para a faculdade de administração. Por mais que fique
        triste com isso.
        Você não vai ser um artista preguiçoso. Não vou pagar por
                                                           [*isso.*

Escuto Sani gritar:
    Eu não quero nada de você.
        Diz alguma coisa, mãe.
            Por que você nunca fala nada?

Ela (mãe) coloca um comprimido
na mão de Sani.

Minha raiva evapora feito névoa tocada pelo sol.
    Sani o rola entre o polegar & o indicador...
branco e azul.

Ele o coloca
na
boca,

bebe & bate o copo, com força,
        muita força,
na mesa.
O vidro se parte ao redor dos dedos dele; sangue
              inunda o guardanapo.

Ela (mãe) agarra o prato dele & corre para a cozinha.
    O punho do pai (padrasto) se conecta com o ombro de Sani
antes que ele vá para a cozinha.
Ela (irmã) pega o ursinho de pelúcia
de debaixo da mesa
& o coloca na mão limpa de Sani.

Alguma coisa quebra na cozinha.
    Sani estremece.
Meu coração se parte
& Sani escuta, porque olha para a janela.
    Ele engole em seco, sacode a cabeça,
atravessa o deserto entre nós,
mas eu já estou fugindo.

PELO MENOS OS ANCESTRAIS ESTAVAM COM FOME

Quando chego em casa a comida ainda está exposta
    mas as cores estão pálidas.
Meu avô dizia que:
É assim que você sabe
que os ancestrais pegaram a energia da comida.

Então, pelo menos, não estou completamente sozinha.

Eu vou até a mata atrás da casa de tia Jack,
    sem casaco, com uma cesta aninhada na dobra do braço
para juntar ervas, raízes. Uma lanterna para guiar o caminho.

Mariposas batem no vidro da lanterna;
estão confusas porque a noite recobre
tudo, exceto a luz.

Aqui estou, a coisa brilhante,
matando coisas de novo.

Está frio.
Como se o inverno tivesse, de repente,
deslizado mata adentro.

Eu me sento & me sento.
Esfrio & esfrio.

    Tão frio, penso em cair
chão adentro.
    Até...

Mariposa, é você? Mel, você está com frio?
Mariposa, fala comigo.
Mel, me desculpa.

Sani segura a minha cintura
& por trás dos joelhos, me erguendo no ar.
Eu me afundo no pescoço dele, que cheira
    a casca de vassoura-de-bruxa.
Ele sobe os degraus, abre a porta da frente,
me coloca no sofá, me enfia num cobertor.
Estou encasulada.

Não tem ninguém aqui mesmo?
Sua tia saiu?

Assinto lentamente, sentindo o calor voltar
& começo a tremer.

Sani esfrega a nuca
antes de levantar
o cobertor
para se aninhar ali dentro comigo.

MENSAGEM QUE SANI ENVIA QUANDO VAI EMBORA DE MANHÃ

Lamento nós dois termos tido uma noite ruim.
Eu não esperava te ver.
Não queria que me visse daquele jeito.
Eu geralmente sou assim. Tenho alguns problemas.
Meu padrasto é religioso; ele acha que tem algo ruim em mim.
Às vezes ele… deixa pra lá.
Parei de fumar. Você está certa.
Lamento que ninguém tenha ido na festa.
Eles não merecem sua companhia.
Lamento que sua tia tenha ido embora.
Lamento. Lamento. Lamento demais, mel.

MENSAGEM QUE QUERO MANDAR PARA SANI
Eu não tinha intenção de te ver
pela janela
cercado por vidro quebrado feito glitter.
Não sabia mais para onde ir.
Acho que a lua me levou
até a sua porta.

MENSAGEM QUE MANDO PARA SANI
O que é a tatuagem acima do seu pulso?
& onde você quer estudar na faculdade?

MENSAGEM QUE SANI MANDA DE VOLTA
Cinco-em-rama.
Eu a tenho desde sempre.
& lugar nenhum.
Eu queria, mas não mais.

MENSAGEM QUE MANDO PARA SANI
No hudu o cinco-em-rama
    tenta os outros a fazerem sua vontade.
Eu deletei minha inscrição na Juilliard.

                              MENSAGEM QUE SANI MANDA DE VOLTA
                                              Sonhos mudam
                                    & você conhece as plantas.
                                      Que nem uma curandeira.

MENSAGEM QUE MANDO PARA SANI
Meu avô me ensinou
& não, sonhos não mudam,
apenas fingimos
que não os queremos mais.

                              MENSAGEM QUE SANI MANDA DE VOLTA
                                        "Canção de Verão"
                      Mel, todos os relógios estão contra nós,
                      temos um verão, farei a sua vontade.
                            É só me dizer o que quer.
                            Farei o que você quiser.

MENSAGEM QUE MANDO PARA SANI
O que eu quiser?
Você mal me conhece.

                              MENSAGEM QUE SANI MANDA DE VOLTA
                            Então por que eu tenho a sensação
                            de sentir a poeira do seu nome
                                    enterrada em mim?

MENSAGEM QUE MANDO PARA SANI
Dramático.
Cinco-em-rama. Talvez?
Fico feliz que você tenha parado de fumar,
que tal se inscrever na Juilliard?

MENSAGEM QUE SANI MANDA DE VOLTA
Mariposa. Encontrar a minha voz
(de novo)
não é tão fácil
quanto parar de fumar.

FAREI A SUA VONTADE

Quero oferecer a Sani um pouco da minha fagulha,
    a coisa que me manteve viva no carro,
porque é isso que preciso silenciar,
porque é isso que torna tudo culpa minha
& ele parece precisar muito dela.

É como interpretar um papel invisível por anos
& um dia a casca se parte, revelando outra coisa.
Como quando o guerreiro tira a armadura
        &, mesmo vestido, se sente nu.

É só me dizer o que quer.
    Farei o que você quiser.

Mas Sani tem cheiro de vassoura-de-bruxa.
    Eu conheço essa raiz. Meu avô dizia que
os indígenas norte-americanos ensinaram aos colonizadores sobre
                                            [a árvore.
Ela é capaz de reduzir o luto, mas também pode diminuir o amor.

Tudo que consigo sentir é vassoura-de-bruxa quando cheiro Sani…
    queima dentro do meu nariz. Então, de verdade…
Não sei. Não sei.

TEMPESTADE DE VERÃO

Um trovão agita a casa,
    golpeando as telas,
uivando através
de finíssimas
rachaduras.

Alguma coisa golpeia, desesperada, a porta de entrada
& eu tenho certeza de que, desta vez, o diabo veio me pegar.

Aperto o cobertor ao redor dos ombros.
A porta se abre & Sani aparece pingando.

Punhos cerrados,
carregando um violão
nas costas
& cabelo solto & lábios sangrando
& olho roxo
& peito arfando
& & &...

Ele entra aos tropeços, ensopado
    & tremendo & murmurando
então quebra o violão
no chão. O instrumento se parte
& a voz dele se parte,
Ele falou que eu era doente da cabeça,
    me bateu (de novo),
falou que eu nunca entraria na Juilliard
com uma cabeça igual a minha.
                E continuou me batendo.

Meus olhos estão arregalados & as mãos de Sani tremem
enquanto derramam uma cachoeira de (muitos)
comprimidos na palma da mão.

Ele olha para a mão cheia
de (muitos) comprimidos,
depois para mim.

Não encontro ar;
meus pulmões se apertam,
ao ler os pensamentos
estampados em seus olhos.

Corro até ele,
arranco a desesperança
da sua mão,
mas não do rosto.

Os comprimidos caem
por todo o chão de madeira.

Eu o seguro. *Você não pode fazer isso, Sani!*
    Ele desaba em mim.

Ele não parava de me bater.
Ela não o impediu.

Eu nos enrolo bem no chão
em meu cobertor,
eu o balanço para a frente & para trás,
sem saber como parei aqui
com esse lindo garoto de bordas afiadas

cuja voz está embebida em espírito & pó,
    que tem cheiro de chuva & terra.
& eu (Mariposa) uma fagulha que não se apaga...
uma fagulha que deseja se tornar fogaréu...
        para acender.

Sussurro a "Canção de Verão":
Quero sufocar sua tristeza,
    Quero fugir com você. Por favor, fuja comigo.
Ele assente
    & assente
        & assente.

FUJA COMIGO, POR FAVOR

Uma viagem longa é uma na qual você vai & volta diferente.

Estávamos em uma viagem antes de o carro se partir.
    De Nova York até Virgínia.

      & porque mesmo no verão, quando tudo acontece,
quando os populares amam o esquisito, eu me sinto culpada
por brilhar um pouco…
por ser vista.

& porque a casa está silenciosa demais sem as garrafas tilintando.

Decido ser que nem melado & me esticar pelos Estados Unidos
    de Virgínia até a terra dele.

Porque ele (Sani) precisa
viver & partir
& acho que posso,
quem sabe, precisar
da mesma coisa
porque não pertenço
mais a lugar
nenhum.

ABSINTO & RAIZ DE GENGIBRE

Enfio os dois numa bolsinha para pendurar no retrovisor.
    Absinto: para proteger o carro, mantê-lo na palma das mãos dos ancestrais.

Raiz de gengibre: para aventura & liberdade.

Neste verão quero as duas coisas,
    preciso das duas.
Por favor,
verão,
me dê as duas coisas.

Então prometo voltar ao meu casulo.

LAGARTA

a) uma larva segmentada de borboleta ou mariposa
b) uma longa estrada que cresce & cresce até parar
c) o início da criação; uma história de criação

Você (Mariposa) terá que alongar a alma
que nem uma história sem fim para encontrar seu caminho.
— Meu Avô da Barba Grisalha
(Raizeiro)

LEVANTA & ANDA

Se você for desaparecer,
precisa esvaziar a geladeira...
    carne fatiada, leite & iogurte atirados
na lixeira do vizinho.

Tudo precisa ser descartado,
exceto a comida desbotada da festa
    consumida pelos ancestrais,
que deve ser enterrada bem fundo na terra
com algumas moedas debaixo de uma árvore
na mata atrás da casa.
    (Meu jeitinho de pedir por um milagre.)

A casa é varrida,
    lençóis removidos,
        lavados & dobrados feito nuvens.

Cortinas fechadas, sinalizando o cessar das operações.

Penso em deixar um recado para tia Jack,
caso volte mais cedo,
    mas ela não se deu ao trabalho de se despedir de mim.

Agora que penso nisso,
ela mal se lembrava de dar *oi*,
por isso não deixo recado nenhum.

    Junto & devolvo ao pote os comprimidos
que fiz Sani derrubar.
Tranco a porta.

Não olho para trás.
Passos numa nova direção são os mais difíceis de serem dados
& é difícil ter certeza de que Sani é a lua
ou apenas uma lâmpada idiota.

Sani está do lado de fora no jipe Wrangler dele, o tanque cheio,
    parecendo salvação & pecado...
Nos poucos dias desde a tempestade de verão,
ele se rearranjou de alguma forma.
Pronto para ir de uma família a outra,
    da Virgínia até a nação navajo.

Sani tem uma marca de batom no meio da bochecha direita,
    um hematoma leve emoldurando os olhos
& um ursinho de pelúcia muito amado no cinto de segurança traseiro
perto do violão, cuja rachadura agora está oculta por fita adesiva.

Eu tenho meu nome (Mariposa)
    & uma bolsa de lona com algumas roupas da tia Jack
        porque as minhas estão todas velhas & uma bolsinha
cheia de raízes esmagadas de gengibre & absinto,
que prendo no retrovisor
ao lado do saquinho de cedro
que o pai de Sani deu a ele.

Pra que serve isso? (Sani cutuca a bolsinha.)

Para nos manter em segurança. (Engulo em seco.) *Carros me deixam*
                                        [nervosa.

        (Ele assente.) *Gostei, tem cheiro de Natal.*
                Absinto & raiz de gengibre.
            Aventura & proteção. Certo?

Como é que sabe?

> *Eu sei das coisas* (diz ele, dando partida
> & protegendo os olhos do sol nascente).

Coloco o remédio dele no painel que nem uma oferenda.
Sani freia o carro, encosta,
toma um comprimido azul & branco
sem água
antes de se misturar ao trânsito.
Lambo o polegar & limpo a marca vermelha
      na bochecha de Sani. Não sei como
limpar um hematoma.

Eu me apoio no banco, pensando
que estranho ninguém se importar se você levanta & vai embora.

O JIPE WRANGLER DE SANI

Decido que o jipe velho é uma lagarta, porque ele transforma
    o comprimento da estrada diante de nós
menos em uma armadilha mortal, mais em uma jornada.

As portas não podem ser arrancadas & o vento
    deixa o cabelo de Sani mais parecido com água do que lava.

Faz o vento deslizar pela nossa pele
    enquanto vamos como lagartas, os corações pequenos mas
                                  [prontos
para devorar.

Pronto para reescrever nosso verão, talvez até mesmo mudar
    nossas histórias de criação. Pronto para desquebrar carros
& limpar um hematoma com o polegar. Talvez seguir adiante
neste jipe seja o bastante para se sentir em casa
(em algum lugar), ainda que apenas por um instante.
Talvez seguir adiante neste carro
ajude a preencher o vazio de Sani.

Sani ajeita o retrovisor.
    Estamos deixando o Mundo Primordial pra trás,
o mundo da escuridão (Ni'hodilhil),
    onde os Diné iniciam a jornada deles até o presente.

Estico as minhas pernas diante de mim
    Quem vive no Mundo Primordial?

                            Insetos & Pessoas Santas.

Uma abelha se choca contra a janela do jipe.
Tem certeza de que estamos abandonando o Mundo Primordial?

Tenho (ele fala enquanto o limpador de para-brisa afasta a carcaça da abelha).

LAGARTA

Depois que o ovo se parte, a larva cambaleia para fora
    & começa a comer um buraco no meio do seu universo.

Às vezes ela mordisca;
com frequência inala árvores inteiras.
    Fica tão peluda & fofa quanto uma bola de algodão.

Ela se alonga...
construindo uma estrada de si mesma
que leva até o oposto de seu lar.
Ela quer viver.

Ou...

Um ovo se parte & a lagarta cambaleia para fora
    & decide que não quer comer.

Preferiria continuar uma larva.
Não quer se transformar em nada.
Ela quer existir.

Ou...

Nos mais raros mitos da criação, o ovo se parte...
    & uma mariposa sai voando,
        depois outra
& outra
    & outra
        & outra
& isso é chamado de praga.

LETRAS & HISTÓRIAS

A melhor forma de se conhecer alguém,
    entender o que há debaixo da pele & dos ossos,
é contar uma história & oferecer música.

Uma história explica quem você *quer* ser;
    a outra mostra quem você é.

Quando Sani & eu entramos no jipe,
    alimentamos um ao outro
com a única coisa que temos:
histórias & música.

Nossa "Canção de Verão"
    é uma linha vermelha entre nós.

Às vezes mastigamos & contamos
nossas origens.

Mariposa: *Cristo é o Pai,*
    o Filho & o Espírito Santo.

        Sani: *Terra é a Mãe, & Pai é o céu.*

Mariposa: *Moisés é o maior conjurador hudu.*

        Sani: *Uma cobra criou o rio Amazonas.*

Mariposa: *Um dragão esvaziou o Reno.*

                Sani: *A lua é o olho de uma coruja gigante.*

Mariposa: *Meu avô sempre falou que
no Sul,
quando faz sol & chove, o diabo
está batendo*
          na esposa dele.

                Sani: *O toque é que nem uma brisa
                     atravessando uma casinha.*

Mariposa: *A mariposa é uma benção & um augúrio.
Os ancestrais estão ao seu lado.*

                Sani: *Hudu me lembra das minhas crenças.*

Mariposa: *É porque os ancestrais são importantes para os dois.*

                Sani: *Quando neva,
                    o vento do leste
                      está faminto.*

Mariposa: *Sua barriga está roncando.
Está com fome?*

                Sani: *Você me deixa com fome.*

Mariposa: *Isso é bom. Você não quer ficar pele & osso.*

                Sani: *Não tenho tanta certeza.*

"Canção de Verão" (Mariposa): *Descobri que a brancura dos seus ossos...*

"Canção de Verão" (Sani): *É tão linda que deveria ser esculpida em teclas de piano.*

SANI PRECISA COMER

Depois de dirigir por algumas horas,
descansamos em algum lugar no meio da Virgínia.

Na mesa de madeira manchada de café
o saleiro é um peso, o creme do café também,
prendendo um mapa dos Estados Unidos.

Os dedos de Sani se alongam pela nossa rota & ele franze as
[sobrancelhas.
    Cada pedacinho de verde & pavimento que cruzamos
era terra indígena.

Minhas mãos vagam pelo mapa,
    às vezes raspando na dele.
Absorvendo a vastidão da verdade de Sani.
Quanto é terra indígena agora?

Sani cruza os braços...
    dois tijolos numa muralha que quero derrubar.
De acordo comigo? Tudo. De acordo com o governo,
    algo do tamanho de Idaho.

Encontro Idaho no mapa.
Cruzados na mesa, meus braços
    parecem asas marrons ossudas.
Se eu pudesse voar, pegaria as fronteiras de Idaho
    & as aumentaria.

O atendente vem anotar nosso pedido.
Garanto que meus locs verdes cubram meu rosto...
Não gosto de explicar a cicatriz.

Sani pede torres macias — panquecas —
& faz chover xarope em cima delas.

Não estou com fome.
    Sani não me força a comer.

Acho que ele sabe
que a liberdade largou um buraco no meu estômago.
Temo que, se eu comer, tudo vai cair
    pelas minhas entranhas até o chão.

Por isso foco em inalar a essência
das panquecas. Assim como fariam os ancestrais,
& fico satisfeita.

A ROTA

Meu dedo viaja pelo caminho
    marcado com canetinha vermelha,
o papel se enruga debaixo do dedo.

Vamos avançar ao longo de
    Virgínia
        Carolina do Norte
    Tennessee
Arkansas
    Oklahoma
        Texas & Novo México.

Será que o buraco do meu estômago vai se expandir
mais a cada estado
    ou vai se encher com algo completamente diferente?

Sani puxa uma lista de sugestões turísticas no telefone.
    Não é uma viagem se não explorarmos;
sairmos do caminho e nos perdermos um pouquinho.

Cada parada um tesouro no mapa.

                Isso é Ciência do Sani?

Sani estica o garfo dele e diz: *Se você comer, vai ficar mais legal?*
                              Não.
Não? Mel? Uma mordida.
                Sani — sorrio — *você só quer comer*
                      Estados Unidos afora.

Queria ter fome assim,
mas, desde que o carro se partiu em dois
& meu estômago se rasgou num corte,
minha barriga dói com comida.
    Ela se esquece de ser estômago.
    Quer ser tempestade.

LUGARES ONDE DECIDIMOS PARAR

1. Palácio Monticello, Charlottesville, Virgínia: onde Thomas Jefferson cometeu vários pecados; decidimos esmagar solo profanado pelas plantações.
2. Natural Bridge, Virgínia: uma colina dá a mão a outra colina & podemos caminhar suavemente ao longo de seus braços.
3. Cidade Fantasma, no Céu de Maggie Valley, Carolina do Norte: parque de diversões abandonado; porque toda viagem exige um lugar abandonado onde as ervas daninhas sufocam tudo, onde os fantasmas podem perambular.
4. O Mindfield de Billy Tripp, Brownsville, Tennessee: para ver se algo bonito pode ser feito de metal retorcido.
5. O Bluebird Café, Nashville, Tennessee: Sani gosta da comida; eu gosto das lembranças.
6. Sítio Histórico Nacional de Fort Smith, Arkansas: encruzilhada da Trilha das Lágrimas.
7. Parque Estadual da Montanha Pinnacle, Arkansas: para nadar com a lua.
8. Museu Aeroespacial Stafford, Weatherford, Oklahoma: para investigar a vastidão do cosmos.
9. O Farol, Parque Estadual do Cânion de Palo Duro, Texas: uma rocha em forma de farol; subimos nela com uma lanterna & comandamos o céu.
10. Rancho Cadillac, Amarillo, Texas: uma oportunidade de fotos com carros.
11. Nação navajo, Four Corners, Novo México: casa dos Diné.

PALÁCIO MONTICELLO,
CHARLOTTESVILLE, VIRGÍNIA

Eu surrupio
algumas panquecas
do restaurante com um guardanapo...
    É preciso levar uma oferenda a plantações.
        Para os ancestrais.

Thomas Jefferson, um pai fundador,
    possuía cento e trinta e cinco corpos.
Acrescento:
    Apesar disso, ele não possuía
    a alma deles.

A casa é redonda & careca & branca
que nem a cabeça de uma águia.

Pulamos a visita
que fabrica uma casa de mentira com base
na bondade do coração dos donos de plantações.

Guio Sani até a parte de trás, onde a área dos escravizados
    está em ruínas.
Uma placa indica o local;
    os nomes das cento e trinta e cinco pessoas não são
                                        [mencionados.

Eu não tenho um prato branco
    como meu avô me ensinou.
Então espalho as panquecas,
pingando manteiga & xarope,
em um guardanapo branco & torço
para que os ancestrais entendam.

E agora? Sani se senta ao meu lado.
    Agora agradecemos a eles pela força & orientação.
Peço também alegria para Sani, que está sempre
tentando fugir das sombras ao seu redor.

Quando abrimos os olhos,
    as panquecas são balões vazios.
Isso significa que eles aceitaram a oferenda.

Antes de entrar no pequeno cemitério,
amarro um lenço na cabeça.
Meu avô disse que impediria
espíritos malignos de encostar.

Sani & eu deixamos moedas
no pequeno cemitério...
    uma oferenda,
mas não o suficiente.
Nada disso é suficiente. Franzo a testa.

Sani me puxa para ele,
deposita, leve feito pena, um beijo
no topo da minha cabeça.

Olho para ele,
    mas Sani está olhando
as datas de morte nos túmulos.
Ele olha para baixo, não para mim.
    Através de mim.
Atrás de seus olhos, eu o vejo
reconstruindo o muro.
A morte é uma coisa estranha.

Tento pegar sua mão,
      ele se vira & caminha para o carro.

Sei que Sani deve estar com raiva...
      da mãe (seu silêncio),
do pai (seu trabalho importante),
do padrasto (seus punhos),
do universo (por entregar isso).

Então, mesmo que com a partida
eu me sinta tão vazia quanto a seca
(não consigo ficar brava com ele).

O sol saiu, por isso abro a boca
& me imagino devorando-o.
Tento me encher de vida.

POEIRA #2

Estou certa
de que em algum momento uma lágrima
    misturada com alma
escapa da minha bochecha
      & respinga no chão
          no minúsculo cemitério
            cheio de corpos marrons.

Espero não perturbar os mortos
    com minha fase de muda.

Estou empanturrada de sol;
quanto mais queimo, mais sinto
as mãos quentes do inferno
    alcançando,
        implorando-me para descer.
Como se agora que estou vivendo, eles se lembrassem
de que esqueceram de me levar para
baixo
baixo
baixo.

THOMAS JEFFERSON TINHA UMA BARBA AZUL

Quando me aproximo do carro, Sani pisca para mim
    & exala devagar & instável.
No caminho
    voltando do lugar que preserva pecados
em sobradinhos,
ofereço a Sani a história de um homem rico,
Barba Azul, que matava as esposas
porque elas desobedeciam a uma regra.

Barba Azul exalava dinheiro,
mas ele era horrível.
    À nova esposa pediu
para não abrir uma porta...
como Deus pediu a Adão & Eva para
não comerem uma fruta.
    Sendo humana,
a esposa abre a porta & encontra
os corpos de outras esposas,
pendurados & ensanguentados.

A maioria dos pais fundadores
    era assim;
falavam de liberdade,
mas não a ofereceram a todos.
Eles tinham corpos nos armários.

Sani batuca no volante.
    O que tem no seu armário, Mariposa?

Minha mão fora da janela,
    a brisa
        quebrando meus dedos.
            Corpos & sujeira & metal.

Sani franze a testa.
    Não é sua culpa, mel.

Balanço a cabeça, afastando as lembranças do acidente.
    Você não entende...
        Eu vivi demais. Ocupei muito espaço.

Sani tensiona o maxilar.
    Você não pode se diminuir.

            Minhas mãos se unem no meu colo.
            Você se diminui, Sani, tenta não
              ocupar espaço nenhum,
              você não canta, não sorri.

Sani aperta o volante com força.
Não tá vendo que estou resolvendo isso?

            Não, não estou vendo.

COISAS QUE NOTO EM SANI ENQUANTO ELE CANTA "STRANGE FRUIT", DE BILLIE HOLIDAY

1. Dois dedos da mão direita se dobram de maneira engraçada.
2. Ele canta suavemente, como se não quisesse perturbar nada vivo.
3. Ele sente tudo & é demais & não é suficiente.
4. Ele equilibra nuvens de tempestade na língua antes de engoli-las.
5. Ele voou & caiu... como Ícaro.
6. É por isso que não confia mais nas próprias asas.

COISAS QUE MEU AVÔ ME ENSINOU SOBRE O SUL

Os escravizados representavam um terço da população do Sul,
mas às suas almas não concederam espaço.

A Constituição lambeu os lábios da escravidão
    por mais de duzentos anos.

Senzalas empoeiradas com pisos de terra
    ao lado de salões & pilares brancos.
Hudu estava enraizado na rebelião.
    Quando os pilares desmoronaram,
a América pigarreou & gritou: *Jim Crow*.

& estátuas confederadas foram erguidas
& vadiagem se tornou ilegal
& as prisões ficaram cheias
de mão de obra gratuita.

&, quando os negros saíam da linha,
eram espancados
&, quando saíam novamente,
fotos eram tiradas de seus corpos em chamas
    & transformadas em cartões-postais.

Recadinhos de amor do Sul.
    Bjos.

COISAS QUE SANI SABE SOBRE O SUL

Tudo era verde,
      então um vírus de cara branca
ceifou inúmeras almas, agarrou-se
a tudo, reivindicou
toda a terra.

Quebrou as árvores,
empalou a terra.
Afastou
os humanos.

Levou tudo...
      tudo,
           tudo...
Sem deixar migalha.

NATURAL BRIDGE, VIRGÍNIA

Parece que a terra cresceu em torno da cabeça de um gigante ancião,
a grama é uma espécie de coroa verde.
Sani está parado na abertura, a brisa
     sopra sob seus braços. *Se isso é a cabeça de um gigante,*
cadê o crânio?

Poeira sob os pés. Coloco duas moedas no chão...
porque ultimamente todo lugar que passo parece ser moribundo.
Um cemitério.

Sani abaixa os braços.
     Seus joelhos dobram & batem no chão,
as mãos seguram um punhado de terra
& ele canta
uma música que paira no ar.
Uma música sobre encontrar o caminho de casa,
caso nosso gigante se perca.

Caminhamos até o topo. O musgo espesso personifica
     o cabelo verde-escuro.

Sani pega minha mão enquanto o sol se põe.
Eu digo: *Aposto que nosso gigante*
poderia cruzar
o mundo em mil passos.

Não há uma alma à vista, mas uma sombra
     surge à nossa frente, corcunda,
de cabelo comprido & anciã, curvando-se para o oeste.
Sani fala: *Estou tentando, Mariposa.*

Agradeço ao gigante pela cabeça anciã
& vista perfeita & por ajudar Sani
a tentar ocupar mais espaço.

Sani desenha meias-luas com o polegar na minha palma
& a sombra diminui.

Sani sussurra
  mais suave que a neve beijando o chão,
    não entendo por que nossas impressões digitais combinam.

Desta vez, ele não se afasta.

INTERESTADUAL 40

Depois que a sombra do gigante se transforma em mito,
voltamos ao jipe & verificamos o mapa.

A Interestadual 40 vem da Carolina do Norte & consome terreno
    até chegar à Califórnia.

Quase quatro mil quilômetros
    para o carro atacar.

Sani dobra a rota em um retângulo & subimos
    no jipe.

Ele quase sorri & canta:
Estrelas, vaga-lumes no céu brilham
& a lua
é uma unha curvada
nos chamando para longe.

Eu adiciono isso à nossa "Canção de Verão".

Mariposa, me conte uma história sobre as estrelas.
    Sani hesita antes de pegar minha mão,
deixando o polegar no meu pulso.

Não conheço nenhuma história sobre estrelas. Olho para a frente.

A noite é para se contar histórias.
Sani entrelaça os dedos nos meus
como vinhas crescendo nas minhas mãos.

Meu avô dizia que a noite é para os mortos.
Sigo a linha da vida na palma da mão dele,
muito mais longa que a minha.

Sani aponta para os vaga-lumes no céu.
    Os Sagrados planejaram as constelações
para nos ajudar a compreender a passagem do tempo.

Os Sagrados colocaram pedras preciosas na pele perfeita de gamo...
    a primeira constelação criada foi a Ursa Maior, ou,
como nós (os Diné) a chamamos, o Rodopiante Masculino.

Em seguida, mais pedras foram colocadas na pele de gamo
& o Rodopiante Feminino (Cassiopeia) foi criado.

Entre eles havia uma lareira
    (a Estrela do Norte)
que os mantinha aquecidos.

Estico o pescoço para ver melhor o céu.
    Eu os vejo, um homem & uma mulher dançando em torno de
                                                   [*Polaris.*

O polegar de Sani ainda traça meu pulso.
    Você dançaria comigo no céu?

Não.
    Não? O céu não é o chão.
    E se eu cantar?

É chão para alguém.
Desenlaço os dedos dos dele.
    Não posso dançar.
    Não posso ser tão faminta
    quando o preço é tão alto.

Meu coração dispara
quando Sani segura minha mão.

A velocidade é muita,
então tenho que soltar.

HOTEL #1

1. Uma cama
2. Mofo & almíscar & naftalina
3. Vinte dólares
4. Molas do colchão que cutucam
5. Luminária com franja vermelha
6. *Sani, está acordado?*
7. *Sempre, mel. Que bom que voltou a falar.*
8. *Pensei em uma história para te contar.*
9. *Uma história para dormir, (Mariposa)?*
10. *É uma longa história, (Sani).*
11. *Tenho tempo, (Mariposa).*
12. *É uma história de criação, (Sani).*

SUL ANTIGO: PRÁTICA APOCALÍPTICA

PRIMEIRO
A noite orbita uma casa.
Ela assombra, contrai
até que seu peso deslize pelas rachaduras
& encontre um inocente para sufocar.

E tudo bem, porque nesta história
não sobraram inocentes.

Sani: *Nenhum inocente?*
Mariposa (Eu): *Nenhum mesmo.*

DEPOIS

Mamãe acorda com marquinhas de mãos desaparecendo na janela...
Hércules (o homem & a constelação)
está preso no armário novamente.
    Ele sacode & luta com a louça como se fossem hidras.

Sani: *Hidras?*
    Mariposa (Eu): *Uma cobra enorme de cabeças infinitas.*
Sani: *Ah, entendi.*

Aos domingos, mamãe vai até a igreja de madeira...
deixa o Espírito Santo içá-la bem alto, jogá-la no chão
& tocá-la como um tambor.

Depois da igreja, mamãe junta raízes & terra.
Enche cada pote da casa simples com sangue
& unhas & cabelo & flores não-me-esqueças
para quando os dias ficarem longos.

Não-me-esqueças para quando
(Noite) quiser mais do que você tem para dar.

Sani (pegando minha mão): *O que a Noite quer?*
    Mariposa (Eu): *Não muito. Noite é um fantasma triste. Ela só*
                                                    [*quer alegria.*
Sani (dando de ombros): *Isso eu entendo.*

ENTÃO

O calor do Sul faz com que o suor caia em gotinhas
ao redor do corpo da mamãe. A chaleira preta dela grita queimando.
Ela controla os nervos sussurrando
& conversando com fotografias enferrujadas, ancestrais...
velhos amigos.

Sani: *Calma. É uma história de fantasmas?*
Mariposa (Eu, de pé na cama, fazendo uma reverência): *Não tenha
[medo.*

Bem-vindo ao Sul Antigo.
Tabaco ainda no ar,
algodão na mente.

De manhã, quando (Noite) sai...
as paredes voltam.

Da janela saliente, sombras nubladas espreitam
entre as fileiras de carvalhos, uma sem uma perna,
a outra com cílios nas costas.

Sani: *Mel, sem dúvida é uma história de fantasmas.*
Mariposa (Eu): *Todas as histórias têm fantasmas.*
Sani (parecendo triste): *É verdade.*

TEM MAIS
Noite é vingativa & viva — um lustre de vidro
em uma mansão sulista, linda, com medo de altura,
         mas içada bem no alto.

Sani: *Não gosto dessa história.*
 Mariposa (Eu): *Calma. Quase acabando.*

Um dia, um preto rico do hudu compra
a plantação tomada por ervas daninhas.
 Ele tem que convocar os ancestrais para limpar a casa
porque as paredes tremem em protesto...
 Há uma revolta nos ossos da mansão.

Sabe, o chicote esquece o sangue,
o algodão não lembra as mãos de mogno
 &, com todo esse esquecimento, nada resta.

O homem hudu constrói uma miniatura da plantação,
 leva-a até o rio & diz:
Vou te afogar.
 Seu hino algemado, muito vidro rasgando a pele,
um som que me ordenaram a silenciar.

ÚLTIMO

Depois que o homem hudu limpa a plantação, Noite vai embora,
os ancestrais se dispersam para seus quartos favoritos.
Atrás de portas fechadas, uma canção soa como um gemido...

Sani (sobrancelha levantada): *Gemido?*
Mariposa (sorrindo): *Gemido.*

O homem hudu prepara um banquete,
senta-se à cabeceira da mesa,
convida os ancestrais para participar.

Fantasmas se aproximam com os mosquitos...
os insetos se acumulam, presos na rede que Peixes lançou.

À meia-noite, a casa tomada por ervas daninhas
em uma encruzilhada está do avesso (de novo)...
& por aí vai
&
por aí vai.

MENTIMOS COMO ALMAS GÊMEAS

Sani (sorrindo de verdade):
    Isso era para me fazer dormir?

Mariposa (Eu):
    Quero você
        acordado.
Não gosto de fechar os olhos.

Sani (sorrindo ainda mais):
    Olha só você ocupando espaço.
        Tenho uma longa história para te contar.

CRIAÇÃO DE ACORDO COM SANI

Os Quatro Mundos

PRIMEIRO MUNDO (NI'HODILHIL)
Os Diné o chamam de Mundo Negro,
o primeiro passo numa subida até o presente,
porque há sempre uma subida.

No Mundo Negro,
vivem apenas Pessoas Sagradas & insetos.

Quatro colunas de nuvens
crescem do nada.
Entre elas, o Primeiro Homem
& a Primeira Mulher
brotam como um milagre
& tudo está em paz
até não estar mais.

O Povo Santo
ateou fogo às trevas.
Homem, Mulher & insetos
escapam para o Segundo Mundo
usando uma planta longa.

Por que às vezes
você só deve fugir.

Mariposa (fechando a cara): *Você vive fugindo?*
Eu (Sani): *Quem não vive?*

SEGUNDO MUNDO (NI'HODOOTL'IZH)
É azul & flui com mais vida
    — pássaros, insetos & ainda mais Pessoas Sagradas.
A Primeira Mulher pensa: *Talvez este seja um lar.*
    O Primeiro Homem percebe: *Pode haver muitas casas.*

Eles vivem & vivem até que (novamente) o Povo Sagrado briga
& envia grandes ventos soprando tudo...
o Primeiro Homem & a Primeira Mulher tombam,
machucados no Segundo Mundo.
Eles não conseguem encontrar uma saída.

Então o Primeiro Homem faz um bastão de oração
com uma planta & grava pegadas
em sua carne. Um caminho aparece
& (juntos) eles sobem
para o Terceiro Mundo.

Mariposa (com lágrimas nos olhos): *Por que o Povo Sagrado está bravo?*
Eu (Sani): *Eles não estão bravos. Conhecem mundos melhores.*

TERCEIRO MUNDO (NI'HALTSOH)
Rios cortam montanhas.
É brilhante & amarelo & cheio de paz.

Tão pacífico que o Primeiro Homem
& a Primeira Mulher pensam:
Talvez possamos ficar aqui.

Mas o Coiote (sendo astuto)
pega o bebê do Monstro da Água,
& o Monstro da Água
chove & chove de tristeza.

A água estica os dedos
cada vez mais alto.
O Primeiro Homem planta árvores,
mas nenhuma cresce o suficiente
para escapar da enchente.

Então ele planta um junco macho...
que não cresce.
Então planta um junco fêmea...
que se estende até o céu
& eles escapam para o Mundo Brilhante.

Mariposa: *O junco fêmea cresceu porque precisava.*
Eu (Sani): *Ela tinha que salvar todo mundo.*

Mariposa: *Você precisava de alguém para te salvar, Sani?*
Eu (Sani): *Eu precisava que alguém me visse, Mariposa.*

QUARTO MUNDO (NI'HALGAI)
O Mundo Brilhante é onde
o Primeiro Homem & a Primeira Mulher ficam.

Eles plantam solo retirado do
Mundo Amarelo & cultivam coisas.

Encontram um equilíbrio.
Vivem & vivem
até que seja hora de morrer
em paz.

Mariposa: *Talvez não precisem morrer.*
Eu (Sani): *Todo mundo tem uma data de morte, Mariposa.*

Mariposa: *Talvez eles se transformem em sereias*
    no Terceiro Mundo & se escondam & vivam & vivam.
Eu (Sani): *Vou me esconder com você em qualquer mundo que quiser,*
               [Mariposa.

DORMIMOS

Com o tempo, meus olhos se fecham,
a cabeça enfiada sob o queixo de Sani,
minhas mãos firmes segurando sua camisa,
as mãos dele nas minhas costas, mantendo-me
    perto & cada vez mais perto.

    Nossa "Canção de Verão"
    é uma corda vermelha
    que une nossos tendões.

    Quando sorrio, ele sorri.
    Quando ele franze a testa, eu franzo a testa.

    Acontece naturalmente, como mágica.

Não há uma partícula entre nós.
Como se estivéssemos enterrados no mesmo buraco.

A CAMINHO DA CAROLINA DO NORTE

Sani canta
    alto, com um sorriso
que se ajusta à tristeza em seu rosto
de novo & de novo.

Mel, todos os relógios estão contra nós,
    temos um verão, farei a sua vontade.
Apenas me diga o que quer.
Eu farei o que você quiser.

CIDADE FANTASMA, NO CÉU DE MAGGIE VALLEY, CAROLINA DO NORTE

Nas noites em que dormimos juntos & nos separamos pela manhã, os lugares onde nós não nos tocamos parecem em carne viva.

A quase mil e duzentos metros de altura pela estrada Rich Cove
[subimos
para o céu. Tão alto que acho que, se estivesse escuro,
eu poderia sentir o gosto das estrelas.

O parque de diversões no céu está fechado
& abandonado, mas, em viagens,
    você quebra as regras, então entramos mesmo assim.

A grama retomou a maior parte dos brinquedos.
Sento em uma grade de frente para as montanhas
pelas quais passamos.

Algo de metal cai & pulo.
Sani ainda observa as árvores.

Sani diz: *Meu povo acha que os fantasmas são trapaceiros.*

    O que tem de errado com um truque? (pergunto.)

    Sani diz: *Às vezes, os truques machucam o coração.*
        Meu povo acha que fantasmas podem se agarrar a você.

            Como um traje feito de sombra?

    As rugas de Sani se juntam feito uma batida: *Isso.*

& ele enfia a mão nos bolsos,
tira os comprimidos embrulhados em pano.
Eles são transparentes & recheados
com plantas secas.
    Coloca dois orbes (cheios de ervas) na boca
& corta as ervas daninhas, para longe de mim.

PRENDENDO A RESPIRAÇÃO

Inspiro profundamente.
Sani não pega minha mão;
    ele dirige com a mandíbula cerrada,
        o nó dos dedos brancos.

Será que ele sente também?
Que nada fica perto o suficiente,
então talvez longe seja melhor.

A sensação de quando adormecemos,
juntos como histórias gêmeas de fantasmas num livro...
nossa pele se estendeu & cresceu junto.

É assustador pensar em me despedaçar todas as manhãs,
    tão assustador
que esqueço de expirar.

Eu me imagino alisando
a testa franzida de Sani
& ele me olha, assustado.

Que estranho,
a rapidez com que as linhas da vida se fundem,
como se as vinhas em mim
se estendessem pelo ar para
brincar em seu cabelo.

HOTEL SUNRISE INN

Sani olha para mim de novo, mas ainda não fala.

Há apenas uma cama, de novo;
desta vez nós a dividimos
       com uma falha geológica de travesseiros plumados.

Estico as pernas, cansada das dez horas no carro.
     Sani apaga a luz &, mesmo que nós não nos toquemos,
compartilhamos a escuridão que nos invade.

Estou grata porque pela manhã
a minha pele não terá que ser arrancada da dele.

Sani se vira para mim. *Dói saber que você vai embora.*
              É difícil. Tudo me abandona.
                     Minha voz, meu coração, minha mãe.

                     Sua voz não vai te deixar.
                     Eu não vou embora, Sani.

Você vai.

                             Não vou.

Mel, você vai.

                 Ele fala como uma profecia
                 que não posso reescrever.
                     Mas sua voz não vai.

MINDFIELD DE BILLY TRIPP, BROWNSVILLE, TENNESSEE

Quando Sani olha para a arte, ele a inspeciona como algo
    que você ama sem saber por quê.

Às vezes Sani olha para mim como se eu fosse o Mundo Brilhante.

Às vezes olha através de mim
como se eu fosse uma névoa fina.

Hoje ele olha para mim,
    para dentro de mim,
com os olhos sombreados enquanto balanço no metal retorcido,
ocupando todo o espaço que posso
enquanto ainda há tempo.
Balançando loucamente pelo hotel,
onde dividimos tudo em dois
para não *sentirmos* nada.

É a maior escultura ao ar livre do Tennessee.
    Algumas partes são tão altas que ameaçam
perfurar o sol.

Balanço & Sani me pergunta: *Mas quão fundo no chão você acha*
    que o metal vai?
                          Sorrio para o sol. *Cresce do inferno;*
                                 são os chifres do diabo.

Balançar parece dançar, mas não exatamente.
Balançar me lembra de quando era criança.
O que me lembra de quando minhas mãos eram tão pequenas

que, quando papai e eu atravessávamos a rua
a caminho do parquinho na vizinhança,
ele apenas estendia os dedos médio & indicador
para a minha mãozinha agarrar.

Sorrio & um sorriso abre os lábios de Sani & mostra seus dentes,
um sorriso só para mim. Ele pergunta:
    Como você se tornou lar tão rápido?

Balanço mais uma vez.
    Magia, Sani. Magia.

LAR

É estranho que cada cidade que atravessamos,
com a população estimada, seja o *lar* de alguém.

Um lugar que faz tão parte de seus ossos
que não conseguem *abrigar* mais nada.

O verso favorito dele (Sani) da "Canção de Verão" até agora:
Quero sufocar sua tristeza.

Meu (Mariposa) verso favorito da "Canção de Verão" até agora:
*Descobri que a brancura dos seus ossos é tão linda
que deveria ser esculpida em teclas de piano.*

Eu diria que este jipe
é o primeiro *lar* de que me lembro em dois anos.

Sani diz: *Não acho que seja minha culpa
meu padrasto me odiar.
Acho que mamãe não sabe
como deixar alguém de novo.*

Mariposa: *Não é culpa sua, Sani.
Meu avô dizia
que algumas pessoas nascem desequilibradas.
Elas nascem com ódio.*

BLUEBIRD CAFÉ, NASHVILLE, TENNESSEE

Já estive aqui uma vez.
Para jantar
      depois de uma competição nacional de dança.

Há três anos,
      mamãe estava sentada à mesa perto da janela,
com o cabelo penteado em um coque alto e apertado.

Minhas unhas se arrastam pela palma das mãos,
      tentando prolongar a linha da vida
de todos que amo.

Tomo um gole da bebida de Sani.
      Tem gosto de poeira & tem gosto de sangue.
O vidro se estilhaça na minha mão.

Sani coloca dinheiro na mesa.

Sani toca meu braço,
      me afasta
      da janela
      & me guia pela porta.

Ele me puxa para dentro do carro,
      me segura
como se soubesse
que eu poderia vazar pela cicatriz.

Mas não basta.
As mãos quentes do inferno
estão vindo atrás de mim...
Eu deveria ter morrido com eles
no carro que se partiu
    como barra de chocolate.

Meu corpo escapa de si mesmo,
então abro a porta.
    Eu corro
        corro
            corro para longe.
Sem Sani,
assim como ele disse que eu faria.

POEIRA #3

Tenho certeza
    de que parte de mim caiu
        pela cicatriz
            sobre a mesa
do Bluebird Café.
    Tenho certeza
        de que já foi varrida.
            Portanto, nunca poderei recuperá-la...
              Acho que não.
           Olhe só para mim, me largando por aí.
           Vivendo com tanta altivez, tão *empoeirada*...
           ocupando tanto espaço.

HOTEL SEI LÁ

Encontro o caminho
    de volta para o hotel
& encontro Sani fazendo de seu corpo
uma cadeira de balanço.

Joelhos dobrados sob o queixo, balançando
    para a frente & para trás
até que eu apareço diante dele
    & ele me puxa
    & me coloca sob o seu queixo.
Passa as mãos
    nas minhas costas.

Eu descanso aqui, encasulada,
    & endureço por horas.

Sani diz: *Não sei mais*
    ser inteiro.

Digo: *O que precisar,*
pode pegar emprestado de mim.

Sani me convence
    de que subir nos seus pés & balançar
não é a mesma coisa que dançar.
Respondo que farei isso se ele cantar.

    Sua voz faz vibrar as vinhas em mim.
Meus pés nos dele & Sani segura
a minha cintura & balança como se eu não pesasse nada.

    Fecho os olhos,
tento me controlar
        enquanto me lembro como é dançar...

por um momento estou cheia
        de movimento.

WILLOW: CEMITÉRIO NASHVILLE

Fazemos uma parada não planejada
porque, segundo Sani,
temos tempo & é isso que se faz
em viagens.

O sol se põe sobre o jipe do lado de fora do cemitério
para onde meu avô me trouxe há dez anos.

Deixo cair moedas na entrada,
no portão de ferro forjado com pontas pontiagudas
como dentes de ferro.

Encontramos o local onde meu avô da barba grisalha abriu
o terreno sob um salgueiro, na encruzilhada.

Onde cantou para os espíritos — agradecendo-lhes
por sua sabedoria
& conhecimento enquanto despejava uísque no buraco seco que criou.

Será que ele sabia
que o carro se dividiria em dois
& nossa família se dividiria em duas
& meu rosto se dividiria em dois?

Nós cavamos & cavamos,
encontramos a foto do meu avô
& eu de mãos dadas
como correntes em uma cerca,
mas os rostos estão apodrecidos…
                    desaparecidos.

A pena ainda
    está tão íntegra
        quanto no dia em que foi enterrada.

Sani sente o cheiro da pena.
    Tem cheiro de fumaça de montanha. Parece familiar.
        Ainda cheira a fumaça de montanha?
Franzo a testa.
Ainda, ele sussurra, segurando a pena contra o coração.

    Sani me entrega a pena como se me entregasse sua alma.
Seu avô foi um grande homem hudu, Mariposa.

Expiro o cheiro de fumaça. *Mas mesmo o maior*
    homem hudu não consegue trazer os mortos de volta.

Cavo mais fundo no buraco
& retiro um envelope.
Dentro há uma empoeirada,
mofada, inscrição da Juilliard.
Parece que foi impressa
há uma década.

Sani exala,
tira o remédio misterioso
embalado em tecido, cheio de plantas secas,
& uma nuvem cobre seu rosto.

HEMATOMAS

Sani fica em silêncio enquanto seguimos
pela estrada até o próximo hotel.

Sua tristeza vem em ondas
    & às vezes, se a lua
estiver alta o suficiente no céu,
um tsunami de segredos é expelido para fora dele
& cai no ar.

Segredos como:
    *Minha mãe fez faculdade no Novo México,
longe das mãos pesadas do pai dela,
& conheceu meu pai (gentil & curador).*

Coisas como:
    *Meu pai estava ocupado curando,
        minha mãe estava ocupada fazendo as malas.
A bondade não a manteve.
Eu me senti como um acidente
jogado de uma nação (navajo) para outra (estadunidense).*

Segredos como:
    *Meu pai disse que no dia em que nasci
        chorei tanto que começou a chover...
Segurei a tristeza mais perto do que o meu próprio fantasma.
Sempre foi assim;
sempre precisei de comprimidos,
comprimidos azuis e brancos,
mas preciso menos deles com você.*

Percebo as coisas que Sani não diz...
por exemplo, o hematoma ao redor de seu olho
muda de azul para marrom
& agora está fraco, mas amarelo & laranja.

Não amarelo como
a cor do sol dourado.
Mais para a cor
de ouro de verdade
enfiado na terra,
escondido...
na pele de Sani.

AULAS DE VIOLÃO NO HOTEL

Sani está me ensinando a tocar violão
    em um hotel qualquer
    porque contei que meu irmão
    ia me ensinar
    antes de nos partirmos ao meio.

Lá fora a chuva sapateia;
    aqui dentro está úmido & o ar-condicionado
quer ser um saxofone desafinado.

Está muito quente, mesmo assim Sani me puxa para o colo
    & coloca o violão na nossa frente.

Ele me ensina três acordes diferentes,
    mostrando aos meus dedos onde pressionar.
Senti falta de tocar. Ele sorri. *Esqueci o quanto*
    senti saudade disso.

Ele apoia o queixo no meu ombro,
    sussurrando: *Bom trabalho, mel,*
mesmo quando eu erro.

Eu me apoio nele,
    traçando as tatuagens em sua pele.
    Voltagem em nossas línguas,
brilha a feitiçaria da bailarina.

Sani se inclina em meu ouvido,
sua respiração beijando
meu cabelo verde.
    Mel, suas mãos são fluentes
em preliminares, muitas curvas & uma mordidinha.

Meus dedos se entrelaçam nos dele.
    Vai ser uma música longa.

Seus lábios se movem de leve
na pele macia atrás da minha orelha.
    Quem sabe é uma música
        que nunca precisa acabar...
          quem sabe...

O TEMPO NÃO PASSA
DE UMA ILUSÃO

Aninhada ao lado de Sani, digo:
Você sabia que um dia em Vênus
    equivale a 243 dias na Terra?

                    Sani observa minha boca enquanto falo.
                            Está tudo explicado, então.
                        Estamos vivendo em tempo venusiano.

Assinto:
    Conheço você há sete anos.
Eu me aproximo ainda mais,
meus lábios roçam seu pescoço
& o coração de Sani bate
tão imprudentemente no peito
que acho que pode explodir.

SÍTIO HISTÓRICO NACIONAL FORT SMITH, ARKANSAS

Sani quer que eu conheça o Fort Smith.
    Ele diz: *Meu pai me trouxe aqui quando eu era mais novo.*
Há informações sobre o forte
escritas em placas de madeira revestidas de vidro.
    Informa onde ficava a forca,
com seus alicerces se erguendo da terra
como uma mão de pedra.

Não tenho moedas suficientes para colocar aqui,
numa encruzilhada da Trilha das Lágrimas.

Sani toca o chão fresco, seus olhos
percorrem a paisagem, ele balança a cabeça…
    Tantos fantasmas permanecem aqui, tanta dor.

Meus dedos se curvam sobre seu ombro.

A mão de Sani cobre a minha. *Os cherokee perderam*
    um quarto da população. É o que diz a placa,
perderam o modo de vida, a terra-mãe.

Sani range os dentes: *Meu pai me ensinou que existem 568*
povos nativos americanos,
    mas apenas 326 reservas.

Existem muitos fortes com placas agradecendo aos colonos
    por avançarem para o oeste, pela corrida ao ouro & por consumirem
                                     [a terra.

Sani traça a placa com o dedo.
> *Acho que terra só pertence a rostos brancos.*

Faço a única coisa que posso fazer.
Ouço.

HOTEL DA VIAGEM NO TEMPO

Está chovendo sapateadores de novo
& o hotel está escuro
& Sani não consegue dormir
depois do forte, então
    ofereço a ele uma história
para acalmar
    sua mente.

Silencio
a dor que ricocheteia
em seu crânio. Eu digo a ele como adorar
tanto a lua que você pode saboreá-la...
como algodão-doce fiado com limão.

Ofereço outra história
em que mudo o tempo
    & me torno um gigante
        & movo o carro que partiu o meu em dois
como uma pecinha de xadrez nos dedos. Digo
que ele pode conhecer meu irmão, minha mãe & meu pai.

Sani intervém. *Você não pode fazer isso, mel.*
   Você não pode ser o gigante que move o carro
   & estar dentro dele ao mesmo tempo.
                  Eu posso, é minha história.
             No fundo, sei que ele está certo
                   & isso me faz sofrer.
               Levanto & vou até a porta.
       Preciso de espaço para voar, para escapar,
          mas Sani aparece na minha frente,
                    olhos brilhantes.

Por favor, não vá embora. Ainda não.
Tudo fica muito barulhento sem você.
                              Eu posso ser o gigante & estar no carro!
                                    Acho que estou gritando.
Desculpe. Lamento muito, mas não pode.
Não é assim que funciona.
                    Lembro a ele, chorando, da "Canção de Verão":
                                    Apenas me diga o que quer.
                                    Eu farei o que você quiser.
Sani se detém.
Franze a testa. Corre até o armário
& pega um ferro.
   Que tal um ferro para suavizar os vincos
que enrugam seu espírito?
                                    Eu rio (não consigo evitar).
                                       Sani ri (porque rio).
                                       Nós dois estamos rindo
                                                  tanto
                                             que choramos
                                              & choramos
                                              & sentimos
                                              & vivemos.

RITUAIS MATINAIS DE HOTEL (COM SANI)

Sempre acordo antes dele
    & me desembaraço de seu abraço.
Coloco seu cabelo atrás da orelha
& beijo sua testa
antes de juntar
a caixa de raízes
que meu avô me deu.

Eu uso o móvel da TV
como altar & Sani sempre se lembra
de deixar comida embrulhada em guardanapo branco
da noite anterior na geladeira
para uma oferenda.

Rezo aos antepassados
(principalmente ao meu avô),
agradecendo pelo menino
com cabelo de cachoeira.

Às vezes, os olhos de Sani
ficam fechados & às vezes
se abrem & ele geme,
rastejando pelo chão
para se ajoelhar ao meu lado.

Sani (parecendo triste): *Os ancestrais alguma vez respondem?*
    Eu (Mariposa): *Eles me mandaram você.*

PARQUE ESTADUAL DA MONTANHA PINNACLE, ARKANSAS

Com o tempo, a chuva diminui as rédeas.
O céu ainda parece zangado, mas dirigimos mesmo assim.
    Seguimos pela estrada até podermos ver
a montanha Pinnacle, que se estende
    lentamente em direção ao céu.
Quero escalá-la & encontrar o paraíso
    porque acho que é onde mamãe & papai
      & irmão & meu avô estão.

Sani levanta os braços acima da cabeça, fazendo uma montanha
    com as mãos & começa a chover (de novo).
É como se apenas a água & o vento vivessem aqui.

Me sinto cheia, como uma lagarta empanturrada;
minhas roupas estão muito apertadas,
meu corpo é muito pequeno,
então levanto a blusa pela cabeça.

Em seguida, a calça se derrete das minhas pernas.
Pulo no lago.
    Sani segue, revelando mais tatuagens
do que eu poderia imaginar.

O céu & a chuva batizam nossos corpos...
    sem pecado & livres.

Poderíamos morar aqui, diz ele,
    com cabelo preto escondendo os olhos.
                                     Por que apenas morar?
                           Desapareço debaixo d'água,
                                 por um momento
                               existindo em outro lugar.
Você me faz lembrar, ele diz quase para si mesmo,
    como o som pode ser gostoso.
                                  Poderíamos prosperar aqui.

PARECE O SEGUNDO MUNDO

Flutuando nus & sem peso,
unidos pelas pontas
dos dedos leves,
somos todos água;
ocupamos setenta por cento
da terra.

Sani me conta
novamente do Segundo Mundo:

Cheio de pássaros
    mais leves que o ar,
        sem peso, durante vinte e três dias,

até que o mundo ficou pesado

& o Primeiro Homem
& a Primeira Mulher
foram empurrados para o Terceiro Mundo.

CONTAÇÃO DE HISTÓRIAS

Sani dá as costas para mim
    enquanto visto camadas de roupas,
        me prendendo
de volta ao mundano.

Sem querer espio & vejo outra
    tatuagem de cinco-em-rama
em suas costas & me preocupo com quem
    (além de mim)
quer que ele cumpra suas ordens.

A viagem de carro é silenciosa, enquanto os faróis
    de alguma forma nos levam por quilômetros,
ao nos permitirem ver só seis metros por vez.

As mariposas interpretam mal os olhos de orbe do jipe.
Me pego estremecendo
quando cada uma delas bate.

Sani não se incomoda
com o cemitério no para-brisa do carro.
& (de novo) me pergunto se ele é a lua
ou uma lâmpada.

VIAGEM DE CARRO: CONTAÇÃO DE HISTÓRIAS

Sani:
Acho que você conta histórias
do mesmo jeito
que imagino você dançando.
    Segura & completa & viva,
        viva.

                            Mariposa:
                            Você canta
                       como um carvalho.
               Lento & forte & comedido.

Sani:
Mariposa, eu te quero tão perto,
posso sentir sua risada
antes que chegue...
    mas isso é difícil.

                            Mariposa:
        Porque nós dois estamos um pouco lascados,
                que nem porcelana velha?

Sani:
Eu sou porcelana lascada,
você é caleidoscópio...
    peças sempre movendo & crescendo.

                          Mariposa:
                          Movendo?
                 Para longe de você?
      Você ainda acha que vou embora.

Sani:
Mel, eu te quero muito perto,
        mas não sei se é possível.

                          Mariposa:
              Porque sou impossível?

Sani:
Você com certeza é alguma coisa
toda só você mesma.

                          Mariposa:
                  O que é você?

Sani:
Uma voz partida.
O que é você?

                          Mariposa:
           Ah, eu sou a fumaça
                   & o fogo.

Sani:
& a onda
& o farol
& o fósforo…
você incendeia tudo.

MUSEU AEROESPACIAL STAFFORD, WEATHERFORD, OKLAHOMA

Segundo a ciência, o universo explodiu
    & tem se expandido desde então.

Trilhões de anos-luz de diâmetro
    & um dia todos simplesmente congelaremos porque
não haverá sóis suficientes para nos aquecer.

De acordo com Sani, existem quatro mundos
& em cada um eu posso deixá-lo
como outros o deixam.
Em cada um deles, sua mente é um sótão bagunçado,
com pequenas nuvens em constante tempestade
& o remédio às vezes ajuda o sol a aparecer.

De acordo com a Bíblia, Adão & Eva
são expulsos do Éden.
    Na história de Sani, a humanidade é expulsa
de três mundos antes de encontrar um lar.

De acordo com Deus, foram necessários apenas sete dias
para criar
    a realidade
&, de acordo com meu avô, os ancestrais permanecem
próximos; se você escutar, eles poderão lhe contar a verdade de tudo.

Estou ouvindo & não escuto nada...
    os ancestrais fecham os lábios para mim.

Cada história
    é tão impossível
        quanto a próxima.
            Tudo verdade.

Na minha opinião, a *tentação* é um pecado
    que Jesus se esqueceu de anotar.

Quero que o universo
pare de me tentar
com tanta vida...
e depois a tomar.

Não tenho certeza se aguento
    esse estica
& puxa muito mais.

O FAROL, PARQUE ESTADUAL DO CÂNION DE PALO DURO, TEXAS

Existe uma rocha chamada Farol
    onde, por um momento, o solo não sabe
que é o solo — poderia ser algum oceano de cor poeirenta.

A rocha não sabe que é um símbolo.
    As estrelas, cadentes & servindo de cemitério,
não sabem que são constelações.

Sani pisca. *Como sabemos que estamos vivos?*
    Dou de ombros. *Porque podemos sentir o vento.*

Sani saúda o Farol. *Então é isso, só temos que*
    continuar sentindo?

Afasto os locs do rosto.
    Sentindo & acreditando.

Sani está tão perto.
    Quero acreditar, quero sentir.

Ele está tão perto
que posso *sentir* seu coração no ar.
    Vou te ajudar a sentir, Sani. Eu vou te ajudar a acreditar.

O verso favorito de "Canção de Verão" de Mariposa até agora:
        Mel, todos os relógios estão contra nós.

O verso favorito de "Canção de Verão" de Sani até agora:
        Mel, todos os relógios estão contra nós.

RANCHO CADILLAC, AMARILLO, TEXAS

Sani me faz posar de pé para o desenho.
Ele rascunha os carros & os picos, me entrega & fala:

Você se encaixa aqui.

SONHO DE AMOR: HOTEL

Sua coluna espinhal fica mais alta quando
traçada,
repleta de tatuagens
pretas & cinza.

Suas mãos
nas minhas,
meus olhos,
meu
todos os lugares.

Eu me sinto viva.
Viva. Viva.

Sani tocando uma mariposa verde
com a boca
& outra
& ele está sufocando.

Acordo
olhando para Sani.

Sani dorme,
respirando mais pesado que o normal.
                Vestido.
                      Mas sonhando com mãos
                          em todos os lugares,
            em todos os lugares.

MARIPOSA-LUNA

É maior
que a largura
de uma garganta.
      Pingando tinta verde com olhos de ilusão.
Ela *sabe* que é a mais bonita.

Recebe até o nome da lua.

Estranhamente, ainda é enganada
pela luz artificial.

Isso (também) deveria ser um pecado...
      mas eu gostaria de poder saber as coisas
           sem vestígios de dúvida.

Como a semente plantada sabe crescer
& o sol sabe queimar
& minhas pernas sabem dançar
& a voz de Sani sabe que deveria
cantar
    cantar
        cantar.

NAÇÃO NAVAJO, FOUR CORNERS, NOVO MÉXICO

É do tamanho da Virgínia Ocidental.

Que é muito pequena... sejamos honestos
em toda & qualquer história.

CASULO:

a) uma concha que uma lagarta cria
b) o primeiro truque de mágica
c) outro limite

(Mariposa) Você conhecerá sua história de uma vez ou nunca a entenderá.

— Meu Avô da Barba Grisalha
(Raizeiro)

FOUR CORNERS

Arizona, Colorado, Novo México & Utah

O único lugar nos Estados Unidos
    onde quatro fronteiras estaduais se beijam.
Como quatro meninas descalças,
de mãos dadas & em ciranda
pela fogueira.

Toda esta região é uma encruzilhada
repleta de magia...
    a terra arenosa tão vibrante com espíritos,
que brilha ao sol.

Parece que o chão se estende
para apoiar as rodas do carro...
acho que podemos estar voando.

A terra se lembra de Sani,
    Sani se lembra da terra.
        Porque a terra sou eu, Mariposa.

Ele está certo; a brisa
canta pelo carro
& brinca com meu cabelo.

CASULO

Quando uma lagarta está cheia, endurece novamente.
    A casca proposital.

Sani & eu chegamos à reserva.

    Ele diz: *Consigo sentir a terra-mãe me embalando.*

Me sinto segura neste carro, neste deserto de terra brilhante
    com sacos de dormir no banco de trás & a estrada à frente.

Sani diz: *Queria comandar as estrelas.*

O que acho que significa
    que tudo é possível.

Acho que ele está certo.
Não pensei na cicatriz como a ponta de um chicote.
Não espalhei vaselina nela para fazê-la brilhar menos verdadeira.

Não forço
meu espírito a se apequenar
para caber em um espaço
menor que a ponta do meu mindinho
há dias
& dias.

A terra-mãe parece diferente do meu quarto do tamanho de um ovo
    na casa da tia Jack, da minha vida do tamanho de um ovo na
                                                    [Virgínia.

Nem me importo que ela não tenha ligado,
nem uma vez sequer.

Vou descansar aqui,
encasulada nesta terra sagrada,
& crescer.

Quando chegar a hora de descasular,
não me importo se o casulo cair
& eu respingar como uma pintura de Pollock...
um pouco machucada, mas
livre
livre
livre
& voando.

BAIXAMOS OS BANCOS & DORMIMOS NA TRASEIRA DO JIPE

Com o porta-malas aberto,
compartilhando um saco de dormir.

O ângulo reto do braço de Sani
vem sendo meu travesseiro há muitos dias.

Quando adormeço,
tenho o mesmo sonho,
especialmente quando Sani & eu dormimos
de costas um para o outro,
unidos pela coluna.

Sonho com linhas vermelhas…
cordas de violão dedilhando música
cruzando nossos corpos, nos unindo firmemente.

Sonho que há, nesta terra mais antiga que o mito,
uma espécie mágica de comunhão entre nós.

EU TAMBÉM SONHO

Que meu avô está acenando para mim
em um cemitério que não conheço.
    & Sani está ao lado dele,
criança, chegando apenas à altura do quadril.
Seus olhos são um sótão lotado
de fantasmas & mágoas.

Meu avô dá um tapinha na cabeça de Sani
    & lhe entrega uma cinco-em-rama.

No sonho, Sani come a planta
& tosse uma pena branca
que entrega a meu avô.

No sonho, Sani cresce
    no espaço de um segundo
& a cinco-em-rama que engoliu
aparece como tatuagens em sua pele.

Acordo em pânico.
    Sani ainda está dormindo & eu traço
suas tatuagens, tentando traduzir
o intraduzível.

VIAGEM DE CARRO ATÉ WINDOW ROCK

    Mariposa (com a inscrição no telefone): *Não custa nada*
        se inscrever na Juilliard, Sani.

Sani (dirigindo): *Não vou passar.*

        Mariposa (irritada): *Sim, não vai*
          se não se inscrever.

Sani (encostando o carro): *Mariposa, cantar às vezes*
      é verdade demais.

    Mariposa (voz trêmula): *Mas, quando você canta,*
      Sani, o universo se sobressalta & escuta.
    Sua alma fica mais leve depois — como se pudesse voar.

Sani (com o carro estacionado, de frente para mim): *Já caí*
  muitas vezes, Mariposa.

      Mariposa (voz suave): *Você não é Ícaro;*
    pode escrever uma nova história de origem
      com sua voz de violino.

Sani (sério): *Mel, minha mente*
  bloqueou
    minha voz de violino.

Mariposa (sorrindo): *Escondi a chave na boca.*

Sani (muito sério): *Quer que eu encontre?*

Mariposa (assentindo): *Seu futuro depende disso.*

BEIJAR SANI (É COMO...)

Testemunhar um pôr do sol azul em Marte;
    colher as notas que são impossíveis de cantar.

Tão natural quanto o lobo cinzento
que move a lua pelo céu
    sem perder o uivo.

Como fazer companhia à boca das sereias;
    um cemitério marinho — criaturas abissais invadindo
                                [pacificamente.

É como se uma baleia-azul perdesse a alma gêmea por uma década,
então, quando se encontram,
cantam
& dançam
& os tsunamis oceânicos com eles dizendo:
Olhem só,
    as impressões das línguas delas ainda combinam.

Como se fosse um lar
                lar
                    lar.

WINDOW ROCK

É a capital da nação navajo
& parece massa de biscoito
  com um espaço ocupado
por um cortador de biscoitos circular perfeito.

Sani diz: *Ni' Ałníí'gi, que significa "Centro do Mundo"*
 — seu primeiro nome.
Há muito tempo
existia água aqui
& os curandeiros viajavam para cá
vindos de muito longe com jarros trançados
 para coletar a água das cerimônias de Benção.

Observo a rocha.
Um grande
 milagre
quanto mais eu olho.

QUASE NA CASA DE SANI
& MARIPOSAS ENCHEM
O PARA-BRISA

Mariposa: *Existem mais de cento e sessenta mil espécies de mariposas.*
A mariposa-bruxa pode migrar por longas distâncias.
          Sani: *Eu migrei*
        da terra-mãe para a Virgínia.
          Então eu serei essa.

Ninguém quer ser a traça da roupa comum;
  com sua gula lendária. As asas salpicadas da mariposa
estão borrifadas de manchas escuras em uma tela bege.

A mariposa-atlas é uma das maiores,
mas, como sacrifício, não tem boca...
  não come do nascimento até a morte.
A mariposa-beija-flor antecede o beija-flor.

A mariposa-luna, amarela-esverdeada & grandiosa, é a sacerdote...
ela dá a comunhão em seu altar. As outras mariposas
às vezes a confundem com a lua.

Mariposa: *Que mariposa devo ser?*
    Sani (mandíbula se mexendo): *Como uma lagarta,*
        a mariposa-esfinge
      se enterra centímetros solo adentro
       antes de voar para casa.

Mariposa: *Como um trabalho hudu?*
  Aceito,
serei magia & mistério.

A CASA DE SANI

A casa é pequena & cheia de comida.
    Uma poltrona desgastada balança
diante de uma pequena TV com antenas de alumínio.
Isso me lembra as antenas espessas de uma mariposa.

Tudo que o pai de Sani diz para ele é:
    Seu cabelo está mais curto, mas os olhos
estão mais brilhantes, isso é bom,
antes de sair pela porta
    sem me cumprimentar.

Como será que o pai dele sabe,
    se o cabelo de Sani está sempre preso
em um coque? Acho que os pais simplesmente sabem
dessas coisas.

Ele fica assim antes de sair para curar pessoas.
    Sani aperta minha mão.
Me faz pensar em minha tia (Jack)
    sempre se esquivando quando estava perto de mim,
temendo que o meu encolhimento a encolhesse.

Aposto que é preciso muita energia para curar,
    digo, pensando na minha cicatriz.

COMO PREPARAR PÃO COM PASTA DE AMENDOIM & GELEIA DE ACORDO COM SANI

1. Duas fatias de pão
2. Manteiga de amendoim & geleia
3. Manteiga de amendoim primeiro, nas duas fatias de pão
4. Geleia depois, em uma fatia de pão
5. Apenas uma colherada
6. Sani diz: *Manteiga de amendoim nas duas fatias é importante.*
7. Eu (Mariposa) respondo: *Para evitar que se misturem.*

O QUARTO DE SANI

Uma cama de solteiro.
    Uma lâmpada.
        Uma cômoda.
            & um grande mapa.

Na cômoda tem desenhos
    de pássaros & montanhas
        & uma garota com mariposas pretas & cinza no cabelo
      com uma cicatriz no rosto
          como a ponta de um chicote.

Pego o desenho. *Quando você desenhou isso?*

                    Anos atrás. Ele dá de ombros.
A garota está dançando.
                          Está mesmo.

Que estranho.
                          Um pouco.
Sou eu? Engulo em seco.

          A princípio Sani não responde.
      Em vez disso, ele tira da mochila a pena
                  que encontramos
                        no cemitério
              & a coloca na cômoda.

Encontro a foto
de meu avô & eu.
Coloco em cima da pena
porque uma parece completar a outra.

Sonhei com seu rosto antes,
mas seu cabelo era um enxame
de mariposas tremulantes.

"SAMSON", UMA CANÇÃO DE REGINA SPEKTOR

É uma das músicas favoritas de Sani.
    Ele toca
enquanto ameaça cortar o cabelo. O que seria uma pena,
    mas parece ser o oposto do que o seu pai deseja.
Então talvez ele corte.

Acho que será difícil para ele. Penso em cortar
para ele, enquanto dorme, & talvez acorde sem nem perceber.

Talvez o pai dele culpe a mim & não a Sani.
    Seu pai saiu de novo sem falar nada...
    apenas colocou um pano cheio dos comprimidos misteriosos
    na bancada da cozinha e saiu
        carregando muito peso nos ombros.

Por que é sempre assim?
Aqueles que são duros como pedra,
que não se expandem
& se contraem como uma pupila
exposta à luz,
são deixados para rachar lentamente.

Se Sani fosse mais uma caverna do que uma pedra,
    eu rastejaria para dentro dele. Para provar que não iria embora.
Para provar que ele pode carregar algo tão vivo.

No final,
Sani mantém o cabelo porque por algumas coisas não vale a pena
    acordar mais fraco.

Sani pega o pano
cheio de comprimidos misteriosos
na bancada da cozinha.
Acho que talvez ele vá tomar um (de novo),
talvez ajudem, como quando ele pega
os brancos e azuis (de forma consistente),
para que sua tristeza venha em ondas constantes,
em vez de um tufão descontrolado.
Sani não abre o pano; apenas o joga na lata de lixo
    & me puxa para perto, testa com testa…
    Talvez você não vá embora.
        Talvez. Talvez. Você possa assombrar meus sonhos.

Sussurro um novo verso da "Canção de Verão":
Mel, você pode me ter para sempre,
                como um membro fantasma.

O PAI DE SANI É UM CURANDEIRO

Ele pode curar a dor de qualquer coisa & eu gostaria
de conhecer uma linguagem que o fizesse me encarar,
para fazê-lo entender
que a minha dor está mais abaixo.

Nem mesmo em mim.
Talvez no chão ao meu redor.
Enraizada.

O pai de Sani nos conta uma história na terceira noite,
 sobre o homem vestido de lobo. O homem morto.

Sobre não ficar de luto perto de um túmulo por muito tempo
porque o espírito pode ficar & se tornar um trapaceiro.

Ele diz: *Você deveria temer fantasmas*, mas eu aceitaria a minha família
transparente, como papel machê, ou sólida.

Sani diz: *Qual o problema em lembrar demais?*
 O pai dele cruza os braços desgastados. *Você esquece
o motivo da brisa ser um milagre & por que as estrelas são uma dádiva.*

O PESADELO DE SANI

Sani está gritando
enquanto dorme,
arranhando
a pele
como se as mãos
quentes do inferno
estivessem vindo por ele.

Ele não consegue cantar
entre soluços,
então, ainda que
a minha voz esteja empoeirada,
canto o melhor que posso
para ele...
    & Sani por fim dorme.

O PAI DE SANI REABASTECE
O REMÉDIO MISTERIOSO

& Sani coloca os orbes transparentes
na boca (de novo).

Todos os dias, duas vezes por dia,
por muitos dias.

Não sei o que fazem — & Sani não me conta —,
    mas eles o deixam diferente.
Mais difícil de tocar, mas sua mente
parece menos um sótão com fantasmas...
mais um sótão vazio.

Eu não me importo;
pelo menos, ao sonhar,
Sani não grita.

SISTEMA DE SAÚDE

Sani está doente
& não é algo que (comprimidos misteriosos) de seu pai
possam curar; a tristeza ainda veste Sani como um terno.

Na medicina navajo existem etapas
no processo de cura
    & um curandeiro diferente dedicado a cada etapa.

Um curandeiro revela o problema.
As ervas são prescritas por outro.
    Uma mistura é feita por um terceiro.

Sani já passou por esse processo muitas vezes...
    tomou ervas & remédios ocidentais.

Sua alma às vezes ainda parece quebrada...
menos quando ele canta, mais em sua terra-mãe.

Sani não me conta essa parte.
É isto que ouço seu pai dizer:
Você sabe que precisa tomar os dois comprimidos
tão perto de seus ancestrais.
Você tem que ser consistente com eles,
não só aqui & ali — não é assim
que funciona.

    O pai diz isso a ele
        de novo & de novo,
            toda vez que Sani pensa em
                jogar os comprimidos (misteriosos)

no vaso sanitário.
De novo & de novo, Sani fala:
Eu sei, eu sei,
mas quando sou consistente
não consigo ver a verdade
com clareza. Até a lua
parece diferente.

& os pesadelos sempre seguem.
O pai continua enchendo o pano
aberto na bancada da cozinha
& eu continuo oferecendo o máximo de vida que posso.

FIZEMOS UM CASULO AQUI

Um dia, depois de jogar os comprimidos no vaso,
Sani olha para mim, não através de mim.

Ele diz: *Estamos na terra-mãe há duas semanas.*

O que de algum modo, para mim,
    parece apenas dois dias,
mas para Sani é como o tempo venusiano.

É como se parte de mim tivesse dormido;
eu deixo passar os dias
& pulo as semanas
como se saltasse pedras
sobre a água.

HISTÓRIA DO COIOTE:
O PRIMEIRO RABUGENTO

Como o pai de Sani não fala comigo,
vamos acampar. No trajeto até o local,
um coiote cruza nosso caminho.
      Sani se inclina & agarra a minha mão.
      Temos muitas histórias sobre o coiote.

Desenho círculos na palma da mão de Sani.
Me conte uma história, Sani.

      Sani leva meus dedos à boca & os beija:
      O Coiote é travesso no Terceiro Mundo.
      No Terceiro Mundo há animais
em abundância. O Coiote rouba os filhos do Búfalo-d'Água.
* Com raiva, o Búfalo-d'Água provoca uma inundação,*
que força o Primeiro Homem & a Primeira Mulher a partir
*   do Terceiro Mundo & ir para o Quarto.*

Eu me lembro dessa história, digo.

     O aperto de Sani aumenta na minha mão.
      Existem também os troca-peles.
      Coisas malignas que espreitam
       à noite. Você quer
        voltar?

Não voltamos.
Dirigimos mais rápido.

LUA DE SANGUE NO NOVO MÉXICO

Quando chegamos ao acampamento,
a lua está tão velha & dourada quanto vaga-lumes capturados.
    Abrimos a traseira do jipe & estendemos um cobertor.

    Sani: *Inclinando a luz, o Coiote é muitas coisas. Como uma alma.*

Mariposa: *Acredito que as almas adoram o caos.*
Mariposa: *Por que você não fala com muita gente aqui?*

                          Sani: *Você fala comigo, mel.*
Mariposa: *Responda à pergunta.*
            Sani: *Eles acham que minha mente é amaldiçoada.*

Mariposa: *E é?*
                          Sani: *Eu achava que sim.*
                  Agora eu não sei a diferença
            entre um milagre & uma maldição.

BATE-PAPO NA FOGUEIRA

Sani: *Se você pudesse fazer qualquer coisa, o que faria?*

Mariposa: *Eu dançaria com a terra, a cada momento…*
tudo seria a minha trilha sonora.
Cantos de cigarra & batidas de bolas de basquete.
Eu iria para Juilliard & dançaria na mente
de todos & viveria para sempre.

Silêncio. Sons da natureza.

Mariposa: *Se você pudesse fazer qualquer coisa, o que faria?*

Sani: *Eu escreveria músicas.*
Lentas, tristes, suaves,
seladas com beijinhos para você.
Eu tocaria o violão nas esquinas,
depois nos palcos & depois nos estádios.
Eu cresceria & viveria & viveria
no palco todas as noites.

Silêncio.

Mariposa: *Por que não podemos fazer isso?*

Sani: *Porque você não dança*
& eu quase não canto ou toco
& todo mundo diz que não posso.

Mariposa: *Se você tocar & cantar, eu danço.*

VIOLÃO & VOZ & DANÇA

Os dedos de Sani têm cicatrizes
nas pontas
por dedilhar as cordas.

Sua voz cavalga o vento,
incendeia a minha coluna,
incendeia os dedos dos meus pés.

Ele quer escrever música;
quer escrever coisas
tão grandes que se estendam
da nação navajo,
passem pelo equador
& voltem.

Ele tocava violão o tempo todo;
cantava o tempo todo.

Antes de seu pai ficar ocupado
& a mãe ficar sozinha & partir
& sua mente o perturbar
& seu padrasto o perfurar.

Mas esta noite ele toca
& canta
& eu me derramo viva, dançando.

DANÇANDO

Voltar a dançar tem a sensação de penas de vidro
caindo sobre uma cidade prateada.

Como meu avô extraindo magia
das raízes.

Como se Deus estivesse na terra marrom
em que piso.

Sani canta
& eu danço — com um toque de *engula seus comprimidos,*
    goela abaixo com pinga caseira,
que, claro, também parece a cor do calor empoeirado
da Carolina & dos verões úmidos de Nova York
& de andar de bicicleta sem rodinhas.

Eu danço
como se o vento oeste
estivesse serpenteando,
entrelaçando
nossas almas
como linhas vermelhas.

QUANDO A MÚSICA ACABA

Não tenho peso.
Sani está sem fôlego.
A boca dele encontra a minha.

QUEBRA-CABEÇA NO CÉU

Sani: *As estrelas são um quebra-cabeça de mitos.*
Porque todos nós olhamos para cima, não conseguimos evitar.

Mariposa: *Você vai continuar cantando?*
Vai continuar tomando os comprimidos azuis & brancos?
Vai continuar tomando os comprimidos transparentes
que seu pai deixa na bancada da cozinha?

Sani: *Não sei se o preço*
de melhorar
vale a pena.

Mariposa: *A vida, uma chance no palco,*
    mesmo que apenas por dois segundos,
        vale cada comprimido — cada dedo machucado.

Sani: *Você vai continuar dançando?*

Mariposa: *É diferente. Eu sou culpada.*

Sani: *Não, mel, você é inocente.*

Mariposa: *Sani... não existem mais inocentes.*

Sani: *Mariposa,*
    você
        é
            inocente.

O RECADO DE SANI

"Where I Want to Go", uma música de Roo Panes

Dedico
essa música a você.

Não consigo
usar as palavras certas
& sei
que, se você realmente
me conhecesse,
pensasse em meus pensamentos,
não iria
me querer.

Eu não posso te ter.
Você não é alguém que eu possa segurar.

Mesmo que eu fosse
uma praia sem areia,
um céu sem estrelas antes de você.

O que sou eu
quando você for embora?
Talvez seja melhor
ir embora agora.

Se pudéssemos ficar
neste casulo,
se pudéssemos ficar,
se pudéssemos ficar

neste Quinto Mundo
que criamos com histórias
& letras de músicas
& danças.

Sonho
com você
o tempo todo.

Com minhas mãos aprendendo
sua topografia.

Mas sonhadores acordam,
fábulas acabam, letras são esquecidas
& casulos se abrem,
no fim.

DESMONTAR

Sani me deixa no acampamento
      com um bilhete que parece um eterno adeus.
Ele me deixa com comida, água & o jipe
com as chaves.

Como se ele estivesse me pedindo para ir embora...
      me implorando para ir.

Pela primeira vez em muito tempo,
sinto as mãos aquecidas do inferno
atravessando o chão.

Pego o iPhone da tia Jack
& procuro "humanidade" no Google.

Há um Walmart a menos de dois quilômetros de distância.
É bom saber que há luzes
& ruídos por perto, faz com que eu me sinta viva
                                                    viva.

Minha cicatriz dói & quer estourar.
      Coloco os joelhos sob o queixo.

Eu não farei isso,
      não vou confiar em Sani do cabelo de lava,
olhos de fogueira & tatuagem cinco-em-rama
      nunca mais.
            Ele tem que estar
cumprindo as ordens de outra pessoa.

Eu dancei
& ele foi embora,
assim como
todo mundo.

SOZINHA

Não sei se Sani partiu
há um, dois ou três dias.

Esqueci de contar as luas
& durmo no carro
& só penso no cemitério
de estrelas.

Acho que amanhã é o dia.

Vou embora,
para o Walmart.
Desaparecer.

RECADO DEIXADO NO CARRO DE SANI

"All My Life", uma música de Texada

Dedico
essa música
a você.

Eu fui
o recheio pegajoso
que sobreviveu
ao acidente
porque tinha que viver
isso aqui.

Acho
que talvez houvesse
uma linha destinada ao nosso encontro.

Acho que foi enterrada
vermelha & brilhante na terra,
amarrada desde a terra-mãe
até o carro barra de chocolate.

Isso me puxou
com força o bastante
para fraturar.

Suave o bastante
para se certificar
de que eu cruzaria seu caminho.

Você acha
que ainda há uma corda
subterrânea
nos conectando?

Quando o carro
bateu, você me sentiu
partir?

Quando você fecha
os olhos & toca
& canta, você me sente
dançar?

Se eu derreter,
remontar de um jeito errado,
você vai me encontrar?

Estou de partida.
Talvez seja melhor.

Apenas me prometa que fará uma audição
& tomará os comprimidos
& viverá, viverá, viverá.

COMO NOSSO MUNDO FOI CRIADO

Estou a meio caminho do Walmart,
com lágrimas desaguando
pelo rosto.

Estou pronta para desaparecer
quando ouço Sani gritar
do jipe.

Continuo andando
    na beira da estrada.

Ele grita de novo, me implora para parar.

Continuo andando.

Ele sai da estrada,
salta da caminhonete
& fica na minha frente,
um cigarro pendurado
entre os lábios macios.

Eu me detenho
    & paro.

Sani tem círculos escuros sob os olhos.

Eu gostaria de poder limpá-los com a blusa,
como fiz com o batom
que a mãe deixou em seu rosto
eras atrás.

Ele despenca na minha frente,
    segurando o bilhete & a inscrição na mão.
        Mariposa, mel, me desculpe. Me desculpe mesmo.

Engulo em seco.

Tiro o cigarro de sua boca
& coloco as mãos com firmeza em seu rosto.
Você tem que querer se cuidar, Sani!
    Não posso te convencer para sempre!
        Me deixe em paz!
& vou embora.

MAS VOLTO

Eu me sinto puxada com força;
encontro o caminho de volta
para a porta de Sani
&, quando ele me vê,

me segura como se
nunca mais
fosse me soltar.

NOSSO QUARTO MUNDO

Fazemos uma caminhada noturna...
    é mais fresco, mas os insetos zumbem muito alto.

Sani diz: *Você parece diferente,*
    feliz, embaçada nas bordas.

Eu digo: *Você parece diferente,*
    zumbindo, vibrando como uma corda de violão.
Este é o Mundo Brilhante?

Sani diz: *Espero que sim. É aqui que quero ficar.*
    Eu vou fazer uma audição. Vou tentar, Mariposa.

SANI: AS PESSOAS SE AFASTAM

Ficamos longe
    do anel de fogo,
ardendo com pessoas reunidas.
Estamos perto de um arbusto seco,
    silenciosos como a neve que se esconde
do sol.
Pontas & fios de conversas
    derivam em nossa direção...
    Baita ajuda.
Sani dá as costas para elas.
Seu cabelo de lava cai no rosto
    & me alegro que ele não tenha cortado.
Mas então há música
& os olhos de Sani brilham.
    Você deveria praticar,
        vai tocar alguma coisa, digo. *Eu fico aqui.*
Sani balança nos calcanhares,
caminha em direção ao fogo.
Oferecem a ele um violão
& Sani toca
& canta
em uma língua que não conheço
enquanto danço
nas sombras.

AINDA NÃO SEI PARA QUE SERVEM OS COMPRIMIDOS (MISTERIOSOS)...

Para que servem os comprimidos, Sani?
Eu tenho uma cachoeira na mente.
Você deveria tomar os comprimidos, Sani?
& às vezes ela se derrama sobre meus olhos.
Quer que eu pegue os comprimidos, Sani?
& faz o mundo se inclinar de um jeito diferente.
Por que você está chorando, Sani?
Mais colorido, mais vasto.
Posso te abraçar, Sani?
Eles são para minha mente.

Então por que será que ele os jogou fora (de novo)?

O PAI DE SANI NOS CONVIDA PARA JANTAR

Para gritar com a gente
enquanto segura o pano cheio de comprimidos...
    aqueles que Sani jogou fora.
Diga a ela, seja quem for, que você precisa disso. Sani traduz.

Diga que, se ela se importa com você,
vai fazer com que você os tome, Sani traduz.
Por que ela é tão diferente
    dos outros?, o pai de Sani grita.

Sani pega os comprimidos.
Joga-os de volta
no lixo.
    Ela vale a pena!

Você não pode fazer uma audição agindo assim!,
diz seu pai.

Sani se levanta.
Parei de tocar quando você
me abandonou.
Voltei a cantar
por causa de Mariposa!

Ela te deixa mais doente, Sani!
    Não vê como você evita o mundo?
Seu pai sai furioso pela porta,
que balança para a frente & para trás,
para a frente & para trás,
embora
não haja brisa.

TEMOS UM MOMENTO DE SILÊNCIO

O pai de Sani se vai por
    um
        seis
            dez sopros
antes de voltar apressado
& parar na nossa frente
como se tivesse visto um fantasma.

ME DESENHE

O pai de Sani bate na mesa.
      Sinto o terremoto disso em meu espírito.
Ele vasculha a cozinha
      até encontrar um lápis & um papel.

Ele diz: *Ela sabe que você desenha?*
      Desenhe ela, Sani.

Sani segura o lápis,
sorri para mim com os olhos embaçados
& começa.

& eu não
& não
& não
entendo por que desenhar
o faz chorar.

O PAI DE SANI É UM CURANDEIRO CUJO PAI CONHECIA UM HOMEM DO HUDU

O pai de Sani abre uma gaveta,
segura uma foto entre
as mãos trêmulas,
como uma oferenda preciosa,
antes de gentilmente colocar
a imagem na mesa
ao lado do desenho de Sani.

    Meus dedos crescem em direção a ela.
Os de Sani chegam primeiro.
    Por que você tem uma foto da Mariposa?, pergunta ele.

O pai de Sani sussurra:
O avô dela
me deu
há muito tempo.
Ela está diferente
porque isso foi planejado.
Isso é trabalho de hudu.

Eu olho para a foto; largada
no carvalho,
a mão do meu avô da barba grisalha
em cima da minha cabeça, sorrindo...
aprofundando as rugas.

O pai dele vira a foto...
    Meu amigo, sei que peço demais,
Mas, se o seu filho puder ajudá-la a voltar pra casa,
ela vai ensiná-lo a viver.

Não sei como meu avô sabia
que eu fugiria com um garoto
de cabelo de cachoeira
& olhos de fogueira.

MEU AVÔ ME DEIXOU UMA CARTA

*Você terá dificuldades ao atravessar
daqui para lá.*

*Muitas vezes é assim nas travessias,
mas você não pode ficar aqui, no seu casulo.*

*Mariposa, você deve viver grande,
crie asas fortes
que possam levá-la
a um céu diferente.*

*Ouço meu avô cantar...
Os ancestrais estão com você, Mariposa.
    Você nunca está sozinha.
        Eu te ensinei. Você tem magia nos ossos.
            Abra os olhos, abra os olhos,
eu jamais te largaria presa... indefesa.*

*Vá para a encruzilhada
    & siga o norte até chegar em casa.*

A RAIZ DA RAIZ

Eu olho para cima: *Não entendo...*
    minha casa fica no leste.

                                     O rosto de Sani racha.
                                       Ele puxa o cabelo.
                                        Como ele pôde?
                                             Ele brada.
                                        Como ele pôde?

Estou frágil,
à beira de desmaiar.
Não entendo.
Por favor, explique.

                              O pai de Sani segura o filho,
                    que desmorona nele feito um deslizamento.

                O pai dele chora: *Ele sabia que você tinha um dom.*
                              Ele sabia o que aconteceria.
                                  Se eu não concordasse,
                    ela teria perambulado para sempre
                & você teria sumido em si mesmo.
                        Nunca pensei que funcionaria.

Estou frágil,
prestes a fugir.
Não entendo.

                              Sani levanta & olha para mim:
                                    Não consigo respirar.
                                    Não consigo respirar.

Sinto-me desaparecida,
como uma sombra.
Não entendo.

Mas Sani continua chorando.
Quero alcançá-lo,
mas ele escorrega entre meus dedos.

MARIPOSA-BEIJA-FLOR

Sani é a lua & algo me impede
de voar até ele...
Estou presa em uma jarra,
observando Sani
se agitar & chorar
nos braços do pai.

>O pai dele diz:
>*Um dia a cinco-em-rama*
>*apareceu na sua pele.*
>*Como um agouro.*

>Sani levanta a cabeça,
>os olhos agitados,
>ele estende a mão
>para a minha,
>mas não consegue segurá-la.
>*As mariposas são agouros*
>*& milagres.*

Minha cicatriz se abre
& abre

& abre.

& ABRE

Houve um acidente
    & o carro se partiu ao meio
      & nós vazamos
          que nem recheio grudento
              de barras de chocolate.

& ABRE & ABRE

O rosto de Sani está fraturado;
    falhas sísmicas que se acumulam
      como se um terremoto
tivesse irrompido nas profundezas dele.

                                  Estou sendo egoísta.
                       Você tem que ir embora, Mariposa.

Seu pai está bravo?

                                       Você tem que ir.

Não tenho como voltar para casa.

                       Você tem que ir embora, Mariposa.

Mas eu te amo?

& SE ABRE & ABRE & ABRE

Sani dobra os joelhos
& cai no chão.

    Você é o meu coração, Mariposa. (Sani bate no peito.)
      Eu te amo, mas você tem que ir embora.
Por quê?
(Acho que sei por quê.)
  Porque você não é real, Mariposa... Suas cinzas estão em um vaso.
Estou bem aqui.
(Às vezes flutuo para longe,
às vezes perco semanas inteiras.)
        Você é um fantasma.
Eu falei que não ia te deixar.
(Vou te assombrar se você me deixar.)
         Você tem que ir.

Verso da "Canção de Verão": *Querido, me deixe assombrar você.*
    Verso da "Canção de Verão": *Mel, não posso.*
       Há um paraíso inteiro
        esperando por você.

VERDADE

Me
chame de

(Mariposa)

*

Me
chame de

(FANTASMA)

MARIPOSA:

a) borboleta noturna
b) caçadora noturna
c) fantasma

(Mariposa) Há um paraíso inteiro
esperando por você.

— Meu Avô da Barba Grisalha
(Raizeiro)

HOJE DE MANHÃ...

Eu acordei morta.

EU ACORDEI MORTA

Eu Acordei Morta
    Eu Acordei Morta
Eu Acordei Morta
    Eu Acordei Morta
Eu Acordei Morta
    Eu Acordei Morta
Eu Acordei Morta
    Eu Acordei Morta
Eu Acordei Morta
    Eu Acordei Morta
    Não entendo
por que meu peito continua achando
que precisa subir & descer
              se eu já estou
                  morta
                      morta
                          morta.

FÁBULA HUDU

Eu acordei morta,
a intenção se tornou selvagem.

Caí no vento & deixei que ele suportasse
    a sola dos meus pés sem peso.

Esqueci todos os feitiços, fiz tranças no cabelo,
deixei crescer, verde & disforme.

Tudo se transforma em cinzas na minha boca.

Mantive os rituais matinais (lavar, escovar, conversar),
    mas ninguém me *via*.

Eu sem querer assombrei tia Jack.

Peguei coisas que não são fáceis
de largar.

Uma vida. Um menino.
Coisas das quais não consigo me soltar:
um garoto que meu avô hudu
sabia que tinha o dom de ver os mortos.

Ninguém te conta
que você pode se apaixonar
pela primeira vez
        quando já está
                morta.

MARIPOSA-ESFINGE

Sani é preciso. Ele enxerga
além do véu.
Ele me vê.

Busco o ar do qual não preciso:
    Ninguém me ignorou
        porque ninguém me via.

Ninguém enxerga a esfinge perto do trio
de pirâmides gigantescas.

Fui sepultada
no chão.
Coberta de terra,
crescendo asas
só para ir embora?

VERDADE: ACIDENTE.

Quando o carro se partiu ao meio como uma barra de chocolate
& nós (mamãe, papai, irmão & eu)
caímos na calçada feito um recheio grudento,
todos chegamos ao hospital.

Tia Jack orou & orou, mas só houve
oração suficiente para um de nós sair.

(Apenas tia Jack saiu.)

Meu coração selvagem não achava que poderia morrer.
Então fiquei
& me puni
por viver.

& agora não consigo parar de cair
cair
cair.

SANI ENCONTRA
(O EU FANTASMA)

Eu vejo fantasmas.
    Como eu.
Nenhum como você.
    Como eu?
Não vivos. Mas nenhum como você.
    Foi por isso que saiu daqui?
Foi.
    É para isso que servem os comprimidos?
    Por que sua mente está sempre ocupada?
    Por que você sempre se sente tão pesado?
Sim. Eu sinto toda a tristeza.
    A música ajuda?
A música me abandonou
até você aparecer.
    Você vai sentir minha falta?
Vou.
    Vai fazer uma audição?
Prometo.
    Tenho que ir?
Sim.
    Não.
Sim. Mel, sim. Lamento muito.

INDO PARA A ENCRUZILHADA

Ao que parece,
    quando você sai de um casulo,
você pode sair
menos viva,
mas leve o suficiente para voar.

Ao que parece,
há magia & amor
suficientes
no universo
para moldar
sua própria máscara mortuária,
mas não morrer completamente.

(MARIPOSA) HISTÓRIA NATURAL

Nunca é a música.
É o movimento de notas cinzentas empilhadas
    sobre matéria escura.

Minha voz é um sussurro para todos exceto para mim.

Há uma luz? Uma lua para seguir, lá embaixo no meu cerne.

Ou estou andando para longe de mim?

Seria isso a partida,
    ou a permanência,
        ou o longo, longo adeus?

Como alguém se lembra de como morrer?

MEU AVÔ NA ENCRUZILHADA

Grisalho & barbado & esperançoso,
meu avô aparece
pela neblina, dizendo:
    Eu te disse, os mortos não vão embora.
É mais brilhante que o brilho,
    mais quente que o calor
& mesmo assim eu quero ficar
com o menino que costuma ser
silencioso feito um cavalo-marinho.

Um menino que vê os mortos.
Um menino com voz de violino.
Um menino que me vê.
Eu.
Eu.
Eu.
(*Mariposa.*)

SAUDADE...

Um fio vermelho místico
costurado ao longo da minha coluna
me mantém em dois lugares.

Meu espírito está ligado
ao de Sani.

& não sei
descosturar.

Não sei como
desvendar essa magia.

A cada passo para longe,
buracos perfuram minha alma.
Minhas asas de mariposa-esfinge
vibram com um brilho dourado empoeirado.

Eu digo: *Sani, quando você cantar,*
    vou dançar,
    vou te ouvir
        de alguma forma.

HÁ UM PARAÍSO INTEIRO

Preciso ir
para o Quinto Mundo...
    aquele que só os fantasmas conhecem...
com meu avô,
mãe, pai, irmão
& todos os ancestrais.

Onde a morte é apenas uma dimensão,
uma realidade,
num universo de milhares.

Então estico a mão,
sem peso,
& toco
a mão estendida de meu avô
    & Sani solta a minha
    & agito as minhas novas asas empoeiradas,
largas, manchadas & brilhantes.
& meu avô me puxa.

Meu avô diz:
Partir é a parte mais difícil.

Eu desmorono em meu avô grisalho.
    Sempre vou ter minhas asas empoeiradas?

Meu avô me abraça mais.
    Você mesma as cultivou, Mariposa.
Elas são suas para sempre. Você vai sempre poder flutuar.

Atrás de mim, na neblina & na areia,
    Sani está de joelhos
esquecendo como respirar, cantando:
    Se eu me lembrar de cantar, de viver...
    Mel, por favor, assombre todos os meus sonhos.

SANI: BILHETE DE DESPEDIDA

Eu o coloco no chão
    do Central Park
para que as árvores & as sementes saibam
que, para mim, você estava viva,
porque os espíritos não morrem...
    eles mudam.

Para mim você está viva,
em algum lugar dançando
    a nossa "Canção de Verão".

    & espero que as raízes,
a magia, os ancestrais
transmitam esta mensagem a você
através do espaço,
    através do tempo,
        em um lugar
            onde nos encontremos (novamente)
            em um Sexto Mundo que criamos.

Onde vivemos em um casulo,
    com as costas entrelaçadas ao longo da coluna,
        cada um de nossos corpos uma asa
            para que, quando nascermos de novo,
                sejamos um, nunca mais separados
                    & possamos voar & cantar
                    & dançar.

Somos um só, apenas você (Mariposa) & eu (Sani)...
Adeus,
mel,
adeus...

DEZ ANOS DEPOIS

Esgotado: Madison Square Garden

Sani: *Essa música é para Mariposa.*
A razão pela qual me lembro da minha voz
& tento viver, viver, viver.

"CANÇÃO DE VERÃO"
Um presente, um ferro para suavizar os vincos
        que enrugam seu espírito.
Um fardo de cerveja, um buquê de clichês
porque já é quase verão & parece apropriado.

Dizem que nunca se chega de mãos vazias no Sul
& não sou nada senão educado.
Deixo a coragem & a esperteza para trás
& não sou nada senão educado.

Mel, todos os relógios estão contra nós,
        temos um verão, farei a sua vontade.
Apenas me diga o que quer. Eu farei o que você quiser.

Quero sufocar sua tristeza,
quero que você fuja comigo,
por favor, fuja comigo.

Descobri que a brancura dos seus ossos
é tão linda que deveria ser esculpida em teclas de piano.
Estrelas, vaga-lumes no céu brilham & a lua
é uma unha curvada nos chamando para longe.

Mel, todos os relógios estão contra nós,
    temos um verão, farei a sua vontade.
Apenas me diga o que quer. Eu farei o que você quiser.

Voltagem em nossas línguas, brilha a feitiçaria da bailarina.
Suas mãos são fluentes em preliminares...
        muitas curvas & uma mordidinha.
Mel, você pode me ter para sempre, um membro fantasma.

Querida, me deixe assombrar você.
Há um paraíso inteiro esperando por você.
    Mel, por favor, assombre todos os meus sonhos.

Mel, todos os relógios estão contra nós,
    temos um verão,
        farei a sua vontade,
            apenas me diga o que quer.
                Farei o que você quiser...

Mariposa: *Eu mesma criei essas asas empoeiradas.*
Posso flutuar aqui
quando quiser...
Eu (Mariposa).
Eu (Mariposa).

NOTAS

Obrigada à minha tia Debbie McBride, uma orgulhosa integrante da nação navajo que teve a gentileza de me ajudar a desenvolver o personagem Sani. Ela também me ajudou a articular corretamente os mitos navajo e as histórias da criação neste romance em verso.

Quando os africanos escravizados chegaram aos Estados Unidos, já não lhes era permitido praticar as próprias tradições espirituais — o cristianismo foi imposto a eles. O hudu é um sistema mágico que surgiu desse infortúnio, criado no Sul durante a escravidão. Na sua essência, o hudu é uma fusão das tradições espirituais da África Ocidental e do cristianismo. Muitas vezes referido como Trabalho de Raiz, o objetivo final do hudu é mudar as probabilidades a seu favor através da adoração ancestral, das oferendas e do trabalho com ervas e plantas.

Embora seja praticado de forma diferente de região para região, em seu fundamento, o hudu destaca a força e o poder dos ancestrais. Hudu não é bom nem ruim; é equilíbrio. Com a Grande Migração, o hudu se espalhou pelos Estados Unidos.

PLAYLIST DE VIAGEM DE SANI & MARIPOSA

1. "My Body Is a Cage", Arcade Fire
2. "Monster 2.0", Jacob Banks
3. "Shrike", Hozier
4. "Sweet Beautiful You", Stateline
5. "Strange Fruit", Nina Simone
6. "Lungs", Jake Howden
7. "Samson", Regina Spektor
8. "Where I Want to Go", Roo Panes
9. "In a Sentimental Mood", Duke Ellington e John Coltrane
10. "All My Life", Texada
11. "Lover, Don't Leave", Citizen Shade
12. "I'll Be Seeing You", Billie Holiday

AGRADECIMENTOS

Comecei a escrever este livro dois meses depois do falecimento de meu próprio avô da barba grisalha, William McBride. Meu avô nunca perdeu um aniversário, uma formatura ou qualquer vitória, grande ou pequena. Saber que ele não iria ver meu primeiro livro nas livrarias deixou um buraco em mim.

Quando, em 22 de fevereiro de 2019, entrei em meu carro frio para comparecer ao funeral do meu avô, meu banco do passageiro estava extremamente quente e permaneceu aquecido durante toda a viagem de carro de três horas. Tanta gente compareceu ao funeral. Todas as áreas extras foram utilizadas e pessoas ficaram do lado de fora. No caminho para o local do enterro, a polícia teve que fechar partes do centro de Alexandria — passamos por vários semáforos e eu juro que vi versões mais jovens do meu avô andando rapidamente na calçada. Mais tarde, moedas continuaram aparecendo na lápide dele e comecei a me lembrar das histórias de hudu que ouvia quando era criança. Escrever este livro foi uma cura e um regresso ao lar.

Então, em primeiro lugar, devo agradecer ao meu avô da barba grisalha e aos ancestrais por sempre me trazerem de volta às minhas raízes — só fui corajosa porque quero que vocês tenham orgulho de mim.

Aos meus pais, Mario e Debra, obrigada pelo apoio resoluto e inabalável. Mãe, obrigada por me deixar sonhar e dar nomes às árvores. Obrigada por ser minha primeira defensora, primeira leitora e minha voz quando a minha treme. Pai, obrigada por milhares de histórias de dormir sobre como foi crescer em Alexandria, Virgínia. Você me ensinou a contar histórias antes que eu pudesse ler. Obrigada pela calma constante e por matar todas as aranhas e salvar todas as sereias.

Debbie McBride, obrigada novamente por me ajudar a desenvolver o personagem Sani. Nunca esquecerei o tempo que passei quando era criança na reserva navajo. Isso ajudou a me transformar na pessoa que sou hoje. Obrigada acima de tudo por ser tão generosa com a sua história e suas tradições impressionantes.

Para a minha maravilhosa agente, Rena Rossner, você é um farol em meu mundo criativo. Por sua causa, não tenho medo de tentar coisas novas na escrita. Posso viajar para longe da costa sabendo que você me guiará de volta. Obrigada por apoiar consistentemente a minha própria voz autêntica. Espero que tragamos muitos mais livros para o universo.

À minha editora, Liz Szabla, obrigada por ver a Mariposa tão claramente desde o início. Obrigada pelo trabalho incansável e pela atenção aos detalhes; foi uma alegria trabalhar com você. Muito obrigada a toda a equipe da Feiwel & Friends, e um agradecimento especial a Jean Feiwel por me permitir fazer parte dessa família.

Mil vezes obrigada a todos os poetas e romancistas cujos livros me moldaram como escritora: Jericho Brown, Nikki Giovanni, Toni Morrison, Terrance Hayes e Tracy K. Smith são alguns. Vi meu reflexo em seus livros e, portanto, encontrei minha voz.

Um agradecimento particularmente especial à dra. Joanne Gabbin e ao Furious Flower Poetry Center por me darem um lugar para crescer e trabalhar em um momento crucial da minha vida. Jamais poderei retribuir a gentileza e as oportunidades que vocês me concederam. Minha gratidão ultrapassa os limites do universo conhecido.

Aos meus professores de poesia favoritos, Laurie Kutchins (James Madison University) e John Skoyles (Emerson College). Laurie, obrigada por me encorajar a seguir com o mestrado em Artes, e, John, obrigada por ser a razão pela qual prosperei no programa do mestrado.

Às mais requintadas almas humanas, Monica DiMuzio e Cristian Dennis. Monica (melhor amiga da escola, colega de quarto da faculdade, companheira de viagens e colega leitora ávida), eu não estaria onde estou sem você. Você me faz uma pessoa melhor, obrigada. Cristian, obrigada pelas aventuras noturnas, festas dançantes e noites de cinema. Sempre quis um irmão e o universo o enviou. Você é corajoso e extraordinário, e eu te amo para sempre.

Um grande e respeitoso "olá" para os meus parentes ao redor do mundo! Obrigada pelas mensagens, pelos telefonemas e pelos beijos manchados de batom nos avivamentos da igreja todo mês de agosto. Em suma, obrigada por seguirem tão de perto a minha vida e pelo apoio infinito.

Para a geração mais jovem, um "oiii" bem menos formal para a minha irmã, meus primos e amigos: Meghan, Ron, Nimah, Hyison, Summer, Heather, Kiya, Asja, Brandon, Brian, Kennedy, Taja, Norhan, Allison, Abby, Shuruq, Jamar, Ally e Miya. Sei que a vida nos levou a lugares diferentes, mas seria negligente se não escrevesse o nome de vocês.

Muito amor para a minha bebê peluda e primeira ouvinte, Shiloh, que me ouviu ler este livro para ela centenas de vezes. Obrigada por me ensinar a quietude nos últimos onze anos.

Para qualquer pessoa que eu tenha esquecido, vejo você, eu te amo.

E, por último, a vocês (leitores), obrigada por escolherem este livro. Ofereço-lhes *um presente, um ferro para suavizar os vincos que enrugam seu espírito*. Saiba que estou sempre desejando o seu bem-estar e alegria.

MINHAS IMPRESSÕES

Início da leitura: ____ /____ /____

Término da leitura: ____ /____ /____

Citação (ou página) favorita:

Personagem favorito: _____

Nota: ✿ ✿ ✿ ✿ ✿ ♡

O que achei do livro?

Este livro impresso pela Vozes, em 2025, para a Editora Pitaya, deixou o editorial com vontade de fazer uma longa viagem de carro. O papel do miolo é avena 80g/m², e o da capa é cartão 250g/m².